Das Wispern der Herzen

Herzen

Gay Romance Sammelband

Alisa Kervano

© 2024
likeletters Verlag
Inh. Martina Meister
Legesweg 10
63762 Großostheim
www.likeletters.de
info@likeletters.de

Autorin: Alisa Kervano
Bildquelle: Midjourney

ISBN: 9783689490027

Teilweise kam für dieses Buch künstliche Intelligenz zum Einsatz.

Dies sind frei erfundene Geschichten.
Ähnlichkeiten mit real existierenden
Personen sind zufällig und nicht
beabsichtigt.

Inhaltsverzeichnis

Ludwig und Joe
Aufführung der Herzen

Kapitel 1

Die ersten Sonnenstrahlen des Morgens fielen sanft durch die Fenster von Ludwigs kleinem, behaglich eingerichtetem Zimmer in der idyllischen Kleinstadt, in der er lebte. Ludwig, ein aufstrebender Schauspieler, dessen Leidenschaft und Ambitionen ihn hierher geführt hatten, war bereits wach.

Er saß am Rand seines Bettes und hielt ein Skript in den Händen, dessen Seiten von der vielen Benutzung Zeichen der Abnutzung aufwiesen. Heute war ein entscheidender Tag für ihn, möglicherweise der Beginn einer neuen Ära in seiner Schauspielkarriere, da die Hauptrolle für das lokale Theaterstück vergeben werden sollte.

Sein Kaffee, den er sich in der Früh zubereitet hatte, war bereits kalt geworden, vergessen in der Anspannung und Konzentration auf die bevorstehende Herausforderung. Ludwig lebte für solche Momente, die seinen Traum, eine bedeutsame Rolle in der Welt des Schauspiels zu spielen, Wirklichkeit werden ließen.

Obwohl er nicht in dieser Kleinstadt geboren wurde, hatte er sie bewusst als seinen Lebensmittelpunkt gewählt, überzeugt davon, dass die ruhigere Umgebung und der persönlichere Umgang der Menschen hier ihm den Raum und die Inspiration bieten würden, die er für seine künstlerische Entfaltung benötigte.

Diese Entscheidung hatte sich als richtig erwiesen.

Besonders die Bekanntschaft mit Personen wie Maria, die ein kleines Café im Herzen der Stadt führte, hatte sein Leben bereichert.

Nach einem tiefen Durchatmen erhob sich Ludwig, zog seine Lieblingsjeans und ein bequemes T-Shirt an und machte sich bereit, den Tag zu begrüßen.

Ein kurzer Blick in den Spiegel, ein rasches Durchwühlen seines Haars, und er war bereit, sich den Herausforderungen des Tages zu stellen.

Die Straßen waren noch still, als er das Haus verließ und sich auf den Weg zu Marias Café machte. Das Café war ein beliebter Treffpunkt, nicht nur wegen des exzellenten Kaffees, sondern auch wegen der warmherzigen Atmosphäre, die Maria dort geschaffen hatte.

Sie hatte versprochen, die Verkündung der Besetzung des Theaterstücks live in ihrem Café zu zeigen, eine Geste, die Ludwig tief berührte.

Als er das Café betrat, umfing ihn sofort die behagliche Wärme des Ortes. Maria begrüßte ihn mit einem strahlenden Lächeln.

«Guten Morgen, Ludwig! Nervös?», fragte sie, während sie bereits seinen Kaffee vorbereitete.

«Ein wenig», antwortete Ludwig und versuchte, seine Aufregung hinter einem lächelnden Gesicht zu verbergen. «Aber ich fühle mich bereit.»

Ludwig nahm den Kaffee entgegen und suchte sich einen Platz am Fenster. Während er den Blick über die langsam erwachenden Straßen schweifen ließ, spürte er eine tiefe Verbundenheit mit diesem Ort, der zu seinem Zuhause geworden war. Noch konnte er nicht ahnen, welche Wendungen sein Leben nehmen würde, aber in diesem Moment fühlte er sich bereit, jeder Herausforderung zu begegnen.

Kapitel 2

Joe lehnte am Geländer der kleinen Terrasse seines Apartments, das sich in einer ruhigen Ecke der Stadt befand. Die Morgenluft war frisch, und die ersten Sonnenstrahlen kündigten einen klaren Tag an. Er genoss diese ruhigen Momente, bevor die Welt erwachte und der Tag seinen Tribut forderte. Diese Momente ließen ihn reflektieren, ließen ihn zurückblicken auf die vielen Jahre, die er im Dienst der Sicherheit verbracht hatte.

Seine Karriere als Bodyguard hatte früh begonnen, fast zufällig, als er nach seiner Zeit beim Militär auf der Suche nach einem zivilen Beruf war, der ähnliche Adrenalinschübe bot. Es war die Kombination aus körperlicher Herausforderung und dem ständigen psychologischen Spiel, das ihn faszinierte.

Jeder Auftrag war anders, jeder Klient

hatte seine eigenen Ängste, Hoffnungen und Geheimnisse. Joe hatte es schnell gelernt, sich anzupassen, zu antizipieren und im Hintergrund zu agieren, während er gleichzeitig alles im Blick behielt.

Die Erinnerungen an frühere Schutzmissionen zogen vor Joes innerem Auge vorbei. Er hatte Würdenträger durch politisch unsichere Länder begleitet, Stars bei ihren weltweiten Tourneen beschützt und Unternehmerfamilien vor Entführungsversuchen bewahrt.

Bei all diesen Aufträgen hatte er gelernt, zwischen den Zeilen zu lesen, die ungesagten Worte zu hören und Gefahren zu erkennen, bevor sie offensichtlich wurden. Diese Fähigkeit, intuitiv zu handeln, hatte ihm nicht nur Anerkennung bei seinen Arbeitgebern verschafft, sondern ihm auch geholfen, schwierige Situationen ohne Eskalation zu lösen.

Trotz der Erfüllung, die Joe in seinem Beruf fand, gab es Momente, in denen er sich nach einer anderen Art von Leben sehnte.

Ein Leben, das weniger von Wachsamkeit und mehr von zwischenmenschlichen Beziehungen geprägt war. Er hatte Beziehungen auf der Strecke gelassen, Freundschaften, die unter seinem unvorhersehbaren Zeitplan und der ständigen Geheimhaltung litten.

Das war auch einer der Gründe, weshalb er nun leichtere Aufträge annahm. Keine hohen Tiere mehr, nur noch kleinere Kunden.

Während er so da stand und in die aufgehende Sonne blickte, fragte er sich, ob es nicht an der Zeit war, eine Veränderung herbeizuführen.

Die Ruhe des Morgens wurde jäh unterbrochen, als sein Telefon vibrierte. Joe warf einen kurzen Blick auf das Display, entschied jedoch, den Anruf zu ignorieren.

Dieser Morgen gehörte ihm allein. Entscheidungen über die Zukunft konnte er auch später noch treffen. Jetzt, in diesem Moment, wollte er einfach nur die Stille genießen und sich vorstellen, wie ein Leben aussehen könnte, das Raum für mehr als nur Schutz und Sicherheit bot.

Das sanfte Murmeln von Gesprächen und das Klirren von Geschirr umgaben Joe, als er einen seltenen Moment der Ruhe in Marias Café genoss. Er hatte beschlossen, diesen Morgen zu nutzen, um die kleine Stadt weiter zu erkunden, und fand sich schließlich, angezogen von der warmen Ausstrahlung und dem verlockenden Duft des Cafés, hier wieder.

Während Joe einen Schluck seines Tees nahm, beobachtete er die Menschen um sich herum – Familien, Freunde und Alleinstehende, die alle in ihre kleinen Welten vertieft waren. Es war ein friedlicher Anblick, eine Szene des täglichen Lebens, die er so oft aus der Ferne betrachtet hatte, aber selten wirklich erlebt.

In diesem Moment betrat Ludwig das Café. Sein Auftritt schien für einen Moment die Zeit zu verlangsamen. Dieser Mann trug eine Aura bei sich, die Joe sofort bemerkte; es war eine

Mischung aus Selbstsicherheit und einer zugänglichen Wärme, die Joe unerwartet anzog. Ihre Blicke trafen sich kurz, und in diesem flüchtigen Moment fühlte Joe eine unerklärliche Anziehungskraft.

Ludwig bestellte seinen Kaffee und wählte einen Platz in der Nähe von Joe. Ihre gelegentlichen Blicke trafen sich erneut, und obwohl sie noch kein Wort gewechselt hatten, kommunizierte dieser stille Austausch eine Neugier, die beiderseitig zu sein schien. Joe konnte nicht umhin, die feinen Züge von Ludwigs Gesicht zu bewundern, seine entspannte Haltung, die ihn trotz der offensichtlichen Versunkenheit in seine Gedanken zugänglich erscheinen ließ.

Es war nicht Joes Absicht gewesen, jemanden zu treffen, geschweige denn sich von einem Fremden angezogen zu fühlen, doch das Leben hielt offensichtlich andere Pläne für ihn bereit. Dieser

Mann schien in seiner eigenen Welt zu sein, gelegentlich mit Maria plaudernd, die mit einem Lächeln und fröhlichem Schwung die Wünsche ihrer Gäste erfüllte. Doch auch diese leichten Interaktionen zeigten Joe eine Seite von Ludwig, die ihn noch mehr faszinierte – seine Natürlichkeit und die Art, wie er mit seiner Umgebung interagierte.

Als Joe sich entschied, das Café zu verlassen, warf er einen letzten Blick auf den Fremden. Diesmal ließ er den Blick einen Moment länger verweilen, gefangen in der stillen Frage, was wäre, wenn. Es gab keine Versprechen oder Erwartungen in diesem Blick, nur eine stille Anerkennung der Anziehung, die sie beide gefühlt hatten.

Kapitel 3

Hinter der Bühne des kleinstädtischen Theaters herrschte eine angespannte Stille, die nur durch das gelegentliche Rascheln von Kostümen und gedämpfte Anweisungen unterbrochen wurde. Ludwig stand im Schatten, sein Herz klopfte heftig gegen seine Brust. Er konnte das gedämpfte Murmeln des Publikums jenseits des Vorhangs hören.

«Alles in Ordnung bei dir?», fragte Elena, eine seiner Schauspielkolleginnen, mit einem aufmunternden Lächeln. Sie legte ihre Hand kurz auf seinen Arm.

«Ja, klar», antwortete Ludwig, sein Lächeln ein wenig gezwungen. «Nur das übliche Lampenfieber.»

«Du wirst großartig sein», sagte sie und drückte seine Hand.

Bevor Ludwig antworten konnte, kam der Regisseur zu ihnen.

«Bist du bereit? Jetzt geht es los. Toi toi toi.»

Ludwig nickte, sammelte seinen Mut und trat aus dem Schatten. Der Vorhang hob sich, und er wurde vom grellen Licht der Scheinwerfer geblendet. Er atmete tief durch und begann seine erste Zeile, die Worte flossen natürlicher, als er es erwartet hatte.

«Liebe ist kein Spiel», sagte Ludwig mit Nachdruck, seine Stimme trug mühelos durch den Raum. «Es ist ein Tanz, ein ständiges Geben und Nehmen.»

Sein Gegenüber auf der Bühne, gespielt von Markus, einem anderen Schauspieler, erwiderte: «Und was, wenn die Musik aufhört? Was bleibt dann von uns?»

Ludwig machte eine dramatische Pause, blickte in die Runde und sagte: «Dann müssen wir lernen, im Stillen zu tanzen.»

Der Applaus des Publikums am Ende der Vorstellung war ohrenbetäubend.

Ludwig und das Ensemble verbeugten sich mehrmals, die Blumen und der Applaus schienen kein Ende zu nehmen.

Als der Vorhang fiel und der Applaus langsam nachließ, fand Ludwig sich wieder im Halbdunkel hinter der Bühne.

Elena kam auf ihn zu, ihr Gesicht strahlte vor Freude.

«Das war unglaublich», sagte sie, ihre Augen funkelten. «Hast du den Applaus gehört? Sie lieben dich!»

Ludwig lächelte, diesmal echt.

«Danke. Ich… ich kann es kaum glauben. Es fühlte sich so surreal an.»

«Genieß den Moment, Ludwig», riet sie, während sie sich auf den Weg zu den Umkleideräumen machten. «Nächte wie diese sind selten.»

Der Blick, mit dem sie ihm nachblickte, als er zu seiner Umkleide ging, war jedoch alles andere als freundlich.

Nach der Aufführung, noch immer umhüllt von der euphorischen Atmosphäre hinter der Bühne, fand Ludwig kaum Zeit, seine Gedanken zu ordnen, bevor er in eine Flut von Gratulationen und Lobpreisungen gestürzt wurde. Sein Mobiltelefon vibrierte ununterbrochen in seiner Tasche, Zeichen der Anerkennung, die nicht nur von Freunden und Familie, sondern auch von Bekannten und den lokalen Medien kamen.

Während er sich durch die Menge schob, spürte er eine Hand auf seiner Schulter. Es war Herr Maurer, der Direktor des Theaters, ein Mann mit einem scharfen Blick für Talent und einer noch schärferen Zunge, wenn es um Kritik ging. Sein übliches Pokerface wich einem seltenen, breiten Lächeln.

«Ludwig, mein Junge», begann Herr Maurer, seine Stimme übertönte das Stimmengewirr um sie herum. «Das war eine Darbietung, die ich so schnell nicht vergessen werde. Du hast die

Essenz der Rolle nicht nur eingefangen, sondern ihr Leben eingehaucht.»

Ludwig fühlte, wie ihm die Wärme ins Gesicht stieg.

«Danke, Herr Maurer. Ihre Worte bedeuten mir sehr viel.»

Herr Maurer nickte anerkennend.

«Ich habe schon einige Aufführungen in meiner Laufbahn gesehen, aber deine… Deine hat etwas Besonderes. Du hast eine große Zukunft vor dir, Ludwig. Sorge dafür, dass du sie weise nutzt.»

Noch bevor Ludwig antworten konnte, wurde Herr Maurer von einer Gruppe Enthusiasten weggezogen, die begierig darauf waren, ihm ihre eigenen Glückwünsche zu überbringen.

Am nächsten Morgen fand Ludwig die lokale Zeitung vor seiner Tür, mit seiner Darbietung als Schlagzeile. Die Kritiken waren überschwänglich, lobten seine Leistung und prophezeiten eine glänzende Karriere auf den Bühnen weit über die Grenzen der

Kleinstadt hinaus. Er blätterte durch die Seiten, las jedes Wort, jede Zeile, die über ihn geschrieben wurde, und konnte nicht umhin, ein Gefühl des Stolzes zu empfinden.

Während er dort saß, allein an seinem Küchentisch mit der Zeitung in der Hand, klopfte es leise an der Tür. Ludwig stand auf, legte die Zeitung beiseite und ging, um zu sehen, wer sein Besucher war. Als er die Tür öffnete, fand er einen kleinen Stapel Briefe und Pakete auf seiner Fußmatte, ohne Absender, nur seinen Namen darauf gekritzelt.

Neugierig, aber auch mit einer Spur von Vorsicht, begann Ludwig, die Briefe zu öffnen. Die meisten waren Glückwünsche und Lob von Bewunderern, die seine Leistung gesehen hatten. Doch unter ihnen befand sich ein Brief, der sich von den anderen abhob.

Eine anonyme Notiz, in einer unbeholfenen, eiligen Handschrift verfasst,

brachte Ludwig instinktiv zum Innehalten: «Deine Leistung hat viele Augen
auf dich gerichtet, Ludwig. Nicht alle
Blicke sind freundlich. Pass gut auf dich
auf.»

Ludwig hielt den Brief einen Moment
lang in der Hand, sein Blick fixierte die
unheilvollen Worte. Ein unangenehmes
Gefühl breitete sich in ihm aus, eine
Mischung aus Unglauben und einer
leisen, nagenden Sorge. Er sah sich in
seiner Wohnung um, erwartete beinahe, durch die Fenster beobachtet zu
werden.

Die Botschaft ließ ihn nicht los, eine
düstere Erinnerung daran, dass sein
neugewonnener Ruhm unvorhergese-
hene Konsequenzen haben könnte.

In diesem Augenblick wurde Ludwig
klar, dass mit dem Scheinwerferlicht
auch Schatten einhergingen. Er verstand, dass diese unerwartete Aufmerksamkeit nicht nur Anerkennung und
Bewunderung mit sich brachte, son-

dern auch Risiken, von denen er bisher nur am Rande gehört hatte. Die Realität seines Erfolgs und die potenziellen Gefahren, die damit verbunden waren, begannen, in sein Bewusstsein einzusickern.

Kapitel 4

Die Tage nach der Premiere vergingen in einem Rausch aus Interviews, Proben für die nächsten Aufführungen und Treffen mit Fans. Ludwig genoss den Wirbel, der seine Tage füllte, doch der anonyme Brief lag ihm schwer im Magen. Er hatte versucht, den Vorfall zu vergessen, ihn als das Werk eines übermütigen Fans abzutun, aber die Worte «Pass gut auf dich auf.» hallten in ruhigen Momenten nach.

Nach einer besonders langen Probe, als Ludwig erschöpft aber zufrieden durch die leeren Gänge des Theaters schlenderte, wurde er von Frau Weber, seiner Managerin, abgefangen. Ihr Gesichtsausdruck war ernster als gewöhnlich, was Ludwig sofort alarmierte.

«Ludwig, können wir kurz reden?», fragte sie, während sie ihn in ihr Büro führte. Ludwig nickte, ein unbestimmtes Gefühl der Sorge in der Magengegend.

«Was ist los?», fragte Ludwig, als sie sich gegenüber saßen. Frau Webers Büro war ein gemütlicher Raum, vollgestopft mit Plakaten vergangener Produktionen und Stapeln von Drehbüchern. Doch die gewohnte Behaglichkeit gab Ludwig heute keinen Trost.

Frau Weber seufzte, bevor sie sprach. «Es geht um die Nachrichten, die du erhalten hast. Herr Mauer und ich haben uns beraten, und wir sind zu dem Schluss gekommen, dass wir zusätzliche Sicherheitsmaßnahmen ergreifen müssen.»

Ludwigs Stirn legte sich in Falten. «Sicherheitsmaßnahmen? Meinen Sie, das ist wirklich nötig? Es war nur ein Brief.»

«Nicht nur das», entgegnete Frau Weber ruhig. «Es gab einige… Vorfälle. Unbekannte Personen, die nach den Aufführungen zu nah an die Künstlergarderoben gekommen sind, mehr anonyme Nachrichten, die nicht nur dich betreffen. Wir können es uns nicht leisten, irgendetwas zu riskieren. Deine Sicherheit hat oberste Priorität.»

Ludwig lehnte sich zurück, die Informationen auf sich wirken lassend. Die Vorstellung, dass jemand ihm möglicherweise Schaden zufügen wollte, war ihm fremd und beängstigend.

«Was genau habt ihr vor?», fragte er schließlich.

«Wir haben beschlossen, einen Sicherheitsspezialisten zu engagieren», erklärte Frau Weber. «Jemanden, der Erfahrung im Umgang mit solchen Situationen hat. Er wird diskret im Hintergrund agieren, um sicherzustellen, dass du geschützt bist, ohne dass es deine täglichen Abläufe stört.»

Ludwig spürte einen Widerstand gegen die Idee, ständig überwacht zu werden, doch die Ernsthaftigkeit in Frau Webers Stimme ließ ihn innehalten.

«Ich verstehe», sagte er langsam. «Wenn ihr alle denkt, dass das notwendig ist…»

«Es ist nur eine Vorsichtsmaßnahme», versicherte Frau Weber ihm mit einem ermutigenden Lächeln. «Wir wollen nur sicherstellen, dass du dich auf das konzentrieren kannst, was du am besten kannst – die Bühne erobern.»

Als Ludwig das Büro verließ, fühlte er sich seltsam entkoppelt von der aufregenden Realität seines Schauspielerlebens.

Die Idee, dass jemand aus dem Schatten heraus über ihn wachte, war neu und ungewohnt. Doch tief in seinem Inneren wusste er, dass es in dieser neuen Welt des Rampenlichts notwendig sein könnte, sich an ungewohnte Sicherheiten zu gewöhnen.

Kapitel 5

In der kühlen, gedämpften Atmosphäre des Theaters wartete Ludwig mit leichtem Widerwillen. Heute würde er den Mann kennenlernen, der auf ihn aufpassen würde. Er wusste nicht genau, was er davon halten sollte.

Als Joe in Begleitung von Frau Weber eintrat, trafen ihre Blicke sich sofort. Sie erkannten einander wieder und nickten sich beide kurz zu.

«Ludwig, ich möchte dir Joe vorstellen», begann Frau Weber, offenbar sich der untergründigen Spannung zwischen den beiden nicht bewusst. «Wie besprochen, wird Joe ab heute ein fester Bestandteil deines Alltags sein, um deine Sicherheit zu gewährleisten.»

Ein Hauch von Unbehagen zeigte sich in Ludwigs Miene, als er Joe die Hand schüttelte.

«Ich erinnere mich an unser erstes Treffen», sagte er, seine Stimme gefasst, aber kühler, als er beabsichtigt hatte. «Obwohl ich mir nicht sicher bin, ob ich mich über diese Art der Wiedervereinigung freuen soll.»

Joe, dessen Blick kurz flackerte, deutete die subtile Spannung zwischen ihnen.

«Ich verstehe, dass Sie Vorbehalte haben. Und ich wünschte, die Umstände unserer Zusammenarbeit wären andere.»

Seine Stimme trug einen Unterton von Bedauern, aber auch von etwas Unausgesprochenem, das in der Luft zwischen ihnen hing.

«Es ist nicht persönlich», fügte Ludwig schnell hinzu, sich der wachsenden Intensität ihres Austauschs bewusst. «Ich schätze einfach meine Unabhängigkeit. Die Vorstellung, jemanden zu haben, der… mich ‚bewacht', ist neu für mich.»

«Ich bin hier, um Sie zu schützen, nicht um Sie einzuschränken», versicherte

Joe, seine Worte sorgfältig wählend. «Ich verspreche, so unaufdringlich wie möglich zu sein. Und wer weiß? Vielleicht finden wir ja einen Weg, dass diese... Zusammenarbeit für uns beide angenehm wird.»

Ein flüchtiges Lächeln umspielte Ludwigs Lippen, eine unwillkürliche Reaktion auf Joes Worte. Es war eine seltsame Mischung aus Resignation und Neugier, die ihn erfüllte.

«Ich bin gespannt, wie das funktionieren soll», gab er zu, sein Ton jetzt etwas weicher.

Nachdem Frau Weber den Raum verlassen hatte, um einige Anrufe zu tätigen, herrschte zunächst Stille zwischen Ludwig und Joe.

Ludwig brach das Schweigen, indem er sich an Joe wandte, seine Haltung eine Mischung aus Neugier und Zurückhaltung.

«Also, Joe... wie genau plant man, jemanden wie mich zu ‚beschützen'?», begann Ludwig, seine Worte mit leichten Anführungszeichen in der Luft markierend. Sein Tonfall war leicht spöttisch, doch seine Augen suchten ernsthaft nach einer Antwort.

Joe erkannte die Herausforderung und das Angebot zum Dialog in Ludwigs Frage. Er lehnte sich zurück, seine Antwort bedacht wählend.

«Nun, es beginnt damit, zu verstehen, was Ihnen wichtig ist», erklärte Joe ruhig. «Ihre Routinen, die Orte, die Sie besuchen, die Menschen, mit denen Sie dich umgeben. Ich will sicherstellen, dass Sie all das weiterhin tun können… nur mit einem zusätzlichen Sicherheitsnetz.»

Ludwig schaute ihn skeptisch an.

«Und das bedeutet, Sie werden im Schatten lauern, während ich meinen Kaffee trinke oder proben gehe?»

«Es ist kein ‚Lauern'», korrigierte Joe mit einem Hauch von Humor in seiner Stimme, um die Spannung zu mildern.

«Denken Sie an mich als… einen diskreten Begleiter. Und nur fürs Protokoll, ich bevorzuge Tee.»

Ein unerwartetes Lächeln umspielte Ludwigs Lippen bei Joes Bemerkung.

«Ein Tee-Liebhaber also. Ich werde es mir merken. Und wenn Sie in der nächsten Zeit wohl so etwas wie mein Schatten sein werden, dann können wir uns auch duzen, finde ich.»

Er reichte Joe erneut die Hand. Dieser ergriff sie und Ludwig hatte das Gefühl, als hätte er einen kleinen Stromschlag erhalten. Sie blickten einander in die Augen und lächelten beide.

Kapitel 6

Das morgendliche Sonnenlicht erhellte Ludwigs Wohnzimmer, als er und Joe sich mit ihren Getränken – Ludwig mit einer Tasse Kaffee, Joe mit Tee – am Tisch niederließen, um den Tag zu planen. Während sie tranken, nutzte Ludwig die Gelegenheit, um mehr über Joes beruflichen Werdegang zu erfahren.

«Also, Joe, wie bist du eigentlich Bodyguard geworden?», fragte Ludwig, neugierig auf Joes Geschichte.

«Es war nach meiner Zeit beim Militär», begann Joe, während er einen Schluck Tee nahm. «Ich wollte meine Fähigkeiten weiterhin zum Schutz anderer einsetzen. Das hat mich irgendwie hierher geführt.»

Nach dem Tee brachen sie zum Theater auf, um Ludwigs Tagesplan fortzusetzen. Als sie in Ludwigs Ankleidezimmer ankamen, bot sich ihnen ein chaotisches Bild: Kostüme lagen verstreut, Notizen und Skripte waren über den Boden verteilt – ein klares Zeichen dafür, dass jemand unerlaubt hier gewesen war.

Inmitten der Unordnung entdeckten sie eine weitere Nachricht, ein unmissverständliches Zeichen der Bedrohung, das ihnen einen kalten Schauer über den Rücken jagte. Ludwig griff sofort zum Telefon, um die Polizei zu informieren, doch die Reaktion war entmutigend.

«Wir verstehen Ihre Sorgen, Herr Lanz, aber es klingt, als hätte jemand nur einen schlechten Scherz gemacht. Es ist gut, dass Sie einen Bodyguard haben, aber bisher ist ja nicht wirklich etwas passiert», meinte der Beamte am anderen Ende, bevor er das Gespräch beendete.

Ludwig legte auf, frustriert und besorgt zugleich. Joe legte beruhigend seine Hand auf Ludwigs Schulter.

«Lass dich davon nicht entmutigen. Ich bin hier, um dich zu schützen. Und vielleicht ist es auch keine schlechte Idee, wenn ich dir ein paar Selbstverteidigungstechniken beibringe.»

Ludwig sah Joe dankbar an, ein Gefühl der Sicherheit durch dessen beruhigende Präsenz gewinnend.

«Das klingt nach einer guten Idee. Ich möchte nicht hilflos sein, falls es wirklich zu einer persönlichen Konfrontation kommt.»

«Gut», sagte Joe mit einem entschlossenen Nicken. «Ich kenne einen geeigneten Ort, wo wir in Ruhe trainieren können. Wie wäre es, wenn wir morgen damit anfangen?»

Ludwig stimmte zu, und obwohl die Enttäuschung über die Reaktion der Polizei noch nachhallte, gab ihm die Aussicht auf das Training ein neues Maß an Entschlossenheit.

Nachdem der erste Tag mit der ernüchternden Erfahrung im Theater zu Ende gegangen war, fühlte Ludwig sich durch Joes Vorschlag, Selbstverteidigungstechniken zu erlernen, ein wenig gestärkt. Es war ein kleiner Lichtblick in einer sonst düsteren Situation.

Am nächsten Tag trafen sich Ludwig und Joe beim lokalen Fitnessstudio, das über einen separaten Bereich für Kampfsport und Selbstverteidigungstraining verfügte. Joe hatte im Voraus arrangiert, dass sie diesen Raum für private Trainingsstunden nutzen konnten. Die Trainerin, die Joe erst kürzlich kennengelernt hatte, als er sich über die Möglichkeiten für Ludwig informierte, war mehr als bereit, ihnen den Raum zur Verfügung zu stellen.

«Hallo, ich bin Katharina. Joe hat mir von Ihrer Situation erzählt, und ich bin hier, um zu helfen», sagte sie mit einem freundlichen Lächeln, als sie Ludwig die Hand reichte. Es war offensichtlich, dass sie professionell und erfahren war, und Ludwig fühlte sich sofort ein wenig wohler bei dem Gedanken an das bevorstehende Training.

Während der Session arbeitete Joe eng mit Ludwig zusammen, zeigte ihm grundlegende Verteidigungspositionen und einfache, aber effektive Techniken, um sich im Falle eines Angriffs zu schützen. Jede Bewegung, die Joe demonstrierte und mit Ludwig übte, war sorgfältig darauf ausgerichtet, Selbstvertrauen und Bewusstsein für die eigene Sicherheit zu fördern.

Es gab Momente der leichten Berührung, als Joe Ludwigs Haltung korrigierte, und jeder dieser Momente schien die Luft um sie herum aufzuladen. Ludwig konnte nicht leugnen, dass er sich zu Joe hingezogen fühlte, und es schien, als würde Joe ähnlich empfinden.

Nachdem sie einige Zeit trainiert hatten, machten sie eine kurze Pause, um Wasser zu trinken und durchzuatmen.

«Ich hätte nicht gedacht, dass ich in der Lage wäre, so etwas zu tun», gestand Ludwig, während er versuchte, seinen schnellen Atem zu beruhigen.

«Du machst das wirklich gut», erwiderte Joe aufrichtig. «Es ist wichtig, dass du dich sicher fühlst, Ludwig. Und ich bin hier, um sicherzustellen, dass das der Fall ist.»

In den Tagen nach ihrem Selbstverteidigungstraining fanden Ludwig und Joe einen neuen Rhythmus in ihrem Alltag. Ludwig widmete sich mit neuer Energie seinen Theaterproben, und Joe, stets aufmerksam, aber diskret, sorgte für seinen Schutz. Die beiden verbrachten viel Zeit miteinander, sowohl bei der Arbeit als auch in den Pausen, die sie oft im Café von Maria nahmen, wo sie schnell zu gern gesehenen Gästen wurden.

Maria, die ein feines Gespür für die Dynamik zwischen ihren Gästen hatte, bemerkte die wachsende Verbindung zwischen Ludwig und Joe. Eines Tages, als Joe seinen üblichen Tee und Ludwig einen Kaffee bestellte, lächelte sie sie warm an.

«Ihr bringt immer so eine angenehme Stimmung mit, wenn ihr hier seid», sagte sie, während sie die Getränke servierte. «Es ist schön, euch zusammen zu sehen.»

Ihre Worte ließen Ludwig und Joe für einen Moment innehalten, und ein stilles Einverständnis lag in ihrem Austausch.

«Danke, Maria», antwortete Ludwig, ein Lächeln umspielte seine Lippen. «Dein Café ist zu einem unserer Lieblingsorte geworden.»

Am Tag nach einer weiteren Vorstellung, bei der Ludwig vollständig in seiner Rolle aufgegangen war, suchten sie wieder das Café auf. Während sie in ihrer gewohnten Ecke saßen, wagte Ludwig es, das Thema der Drohungen, das sie seit dem Vorfall nicht mehr berührt hatten, erneut anzusprechen.

«Denkst du, wir sollten noch einmal versuchen, mit der Polizei zu reden?», fragte Ludwig vorsichtig, während er seinen Kaffee umrührte.

Joe, der einen Moment nachdachte, bevor er antwortete, nickte zustimmend.

«Es ist definitiv einen Versuch wert. Wir müssen alles tun, was in unserer Macht steht, um diese Situation zu klären.»

Die Unterhaltung driftete dann zu den möglichen Motiven und Personen hinter den Drohungen ab.

«Es ist schwer vorstellbar, wer so etwas tun würde», sagte Ludwig leise. «Es fühlt sich an, als ob jemand aus dem Verborgenen heraus agiert.»

«Wir werden dem auf den Grund gehen», versprach Joe mit fester Überzeugung. «Ich lasse nicht zu, dass dir jemand schadet.»

Diese Worte, so einfach sie auch waren, hatten eine tiefgreifende Wirkung auf Ludwig. Er fühlte sich nicht nur sicherer, sondern auch emotional unterstützt. Es war offensichtlich, dass ihre Beziehung sich zu etwas entwickelte, das über eine berufliche Bindung hinausging.

Als sie das Café verließen, legte Joe beiläufig seine Hand auf Ludwigs Rücken – eine Geste der Unterstützung und des Schutzes. Ludwig schaute kurz zu Joe hoch, seine Augen voller Dankbarkeit.

Kapitel 7

Die Kulissen des Theaters, einst ein Ort der kreativen Entfaltung und des künstlerischen Ausdrucks, hatten sich für Ludwig in einen Schauplatz verborgener Bedrohungen verwandelt. Trotz der ständigen Präsenz des Unbekannten, das wie ein Schatten über seinen Erfolgen lag, versuchte Ludwig, die Freude an seiner Schauspielkunst nicht zu verlieren. Joe, der sich unauffällig, aber bestimmt in Ludwigs Alltag integriert hatte, war stets an seiner Seite, ein stilles Versprechen der Sicherheit inmitten der aufkommenden Stürme.

An jenem Abend, nachdem der Vorhang fiel und der Applaus verebbt war, versammelte sich das Ensemble hinter der Bühne, um den Erfolg der Aufführung zu feiern. Die Atmosphäre war ausgelassen, die Luft gefüllt mit dem

Echo des Beifalls und dem süßen Duft des Triumphs. Ludwig, dessen Herz noch immer im Rhythmus der Standing ovations schlug, wurde von seinen Kollegen umringt, die ihm auf die Schulter klopften und gratulierten.

Elena, die bisher am Rand der Gruppe gestanden hatte, trat zögerlich auf Ludwig zu. Ihr Blick war ausweichend, ihre Haltung angespannt – ein deutlicher Kontrast zu der sonst so selbstbewussten Schauspielerin.

«Ludwig, könnten wir… könnten wir einen Moment alleine sprechen?»

Ihre Stimme war kaum mehr als ein Flüstern, doch in der Stille nach dem Sturm der Emotionen klang sie Ludwig wie ein Donnerschlag.

Befremdet, aber neugierig, nickte Ludwig und folgte Elena in eine abgelegene Ecke des Theaters. Sie ließen die Feierlichkeiten hinter sich, bis nur noch das gedämpfte Summen der Stimmen ihr Gespräch umgab.

Elena atmete tief durch, als sie sich ihm gegenüberstellte.

«Ich weiß, das kommt jetzt überraschend, aber… ich muss dir etwas gestehen, Ludwig.» Ihr Blick war fest auf den Boden gerichtet, als könnte sie die Schuld, die sie zu offenbaren im Begriff war, dort abladen. «Die Drohungen… sie kamen von mir.»

Ludwig erstarrte.

Ein kalter Schauer lief ihm über den Rücken, als die Worte ihre Wirkung entfalteten.

«Was?» Die Frage entwich ihm als Hauch, seine Stimme brüchig vor Schock.

Elena schluckte schwer, ihre Augen suchten jetzt die seinen.

«Ich war eifersüchtig. Auf deinen Erfolg, auf die Liebe, die dir das Publikum entgegenbringt. Ich wollte… ich wollte dich verunsichern, dich aus der Bahn werfen.» Ihre Stimme brach, Tränen sammelten sich in ihren Augen.

Ludwig konnte kaum glauben, was er hörte. Verrat von einer Person, die er als Freundin, als Teil seiner künstlerischen Familie betrachtet hatte.

«Warum?», presste er hervor, sein Herz pochte schmerzhaft in seiner Brust.

«Ich habe mich in der Rolle gesehen, die du bekommen hast. Ich dachte, wenn ich dich schwächen könnte, würde man vielleicht mich in Betracht ziehen…»

Elenas Geständnis war ein Sturm aus Verzweiflung und Reue.

«Aber ich habe erkannt, wie falsch das war. Ich will es beenden, Ludwig. Du bist der Bessere, das habe ich gesehen und das werde ich akzeptieren. Ich hoffe, du kannst mir verzeihen.»

Die Luft zwischen ihnen war geladen mit der Schwere ihrer Worte. Ludwig, der zwischen Wut und Mitleid schwankte, fand die Kraft, seine Fassung wiederzugewinnen.

«Ich muss darüber nachdenken. Das… muss ich erstmal verdauen. Dennoch danke ich dir für deine Ehrlichkeit.»

Ohne ein weiteres Wort eilte Ludwig zu Joe, der ihn bereits suchend durch die Menge blickte.

«Joe, wir müssen reden. Jetzt.»

Ludwigs Stimme war drängend, seine Augen funkelten vor Entschlossenheit.

Elena blieb einen Moment allein im Scheinwerferlicht der leeren Bühne zurück, nachdem Ludwig gegangen war. Sie schloss die Augen und atmete tief ein.

«Warum konnte ich nicht einfach mit ihm reden, bevor alles so weit gekommen ist?», murmelte sie leise zu sich selbst.

Sie öffnete die Augen wieder, ließ ihren Blick über die leeren Sitze schweifen – jedes Mal, wenn sie hier stand, fühlte sie sich lebendig, doch heute war es anders. Heute war es, als stünde sie vor den Trümmern ihres eigenen Lebens.

«Ich muss das wiedergutmachen, nicht nur bei Ludwig, sondern auch bei mir selbst. Ich muss wiederfinden, was ich verloren habe.»

Entschlossen verließ sie die Bühne, bereit, sich den Konsequenzen zu stellen und einen neuen Weg zu finden.

Ludwig erklärte Joe, was Elena ihm eben gesagt hatte. Erstaunt blickte Joe zur Bühne, auf der Elena stand und dabei ziemlich verloren aussah, und wieder zurück zu Ludwig.

«Zum Glück ist nicht wirklich etwas Schlimmes passiert und sie ist einsichtig», sagte er nun.

Ludwig und Joe verließen gemeinsam das Theater und redeten noch eine Weile darüber.

Kapitel 8

Der Abend hatte alles, was zu einem unvergesslichen Theatererlebnis dazugehörte: Ein ausverkauftes Haus, ein gespanntes Publikum und die elektrisierende Energie der Darsteller hinter dem Vorhang. Ludwig, inmitten der hektischen Vorbereitungen, fand einen Moment der Ruhe. Er dachte daran, wie sehr sich die Dinge geändert hatten – Elena, die ihre Eifersucht überwunden hatte und nun eine Stütze Ludwigs war, und Joe, dessen stille Präsenz ihm mehr Sicherheit gab, als er je zu hoffen gewagt hätte.

Heute Abend sollte Joes letzter Einsatz sein. Nach Elenas Geständnis und ihrer spürbaren Besserung war die allgemeine Überzeugung, dass die Bedrohungen ein Ende gefunden hatten. Ludwig war hin- und hergerissen.

Einerseits freute er sich auf die Rückkehr zur Normalität, andererseits fürchtete er den Verlust der Nähe zu Joe, die zu einem festen Bestandteil seines Lebens geworden war.

Elena trat zu ihm, ihr Blick ernst, aber freundlich.

«Ludwig, ich hoffe, wir können das hinter uns lassen», sagte sie leise. «Ich bin so froh, dass wir wieder Freunde sein können.»

Ludwig lächelte sanft.

«Ich auch, Elena. Lass uns nach vorne schauen.»

Als der Vorhang sich hob und das Licht die Bühne erfüllte, gab sich Ludwig ganz seiner Rolle hin. Die Energie des Publikums trug ihn, ließ ihn höher fliegen, tiefer empfinden. Er war in seinem Element, bis zu dem Moment, als das Unfassbare geschah.

Ein schrilles Kreischen durchbrach die Musik – das Geräusch von Metall, das gegen Metall schlug. Ludwig hob instinktiv den Blick und sah, wie ein

Scheinwerfer sich löste und direkt auf ihn zustürzte. Panik erfasste ihn, doch bevor er reagieren konnte, war Joe da. Mit einer Geschwindigkeit und Entschlossenheit, die nur echte Beschützerinstinkte hervorrufen, stieß Joe ihn zur Seite und nahm den Aufprall selbst auf sich.

Ein Schrei ging durch das Publikum, als der Scheinwerfer mit einem ohrenbetäubenden Krach auf der Bühne aufschlug. Sofort wurde das Licht eingeschaltet, und das Chaos nahm seinen Lauf. Ludwig, der knapp dem Unfall entkommen war, eilte zu Joe, der am Boden lag.

«Joe, nein, bitte», stammelte Ludwig, während Tränen seine Wangen hinunterliefen. «Warum?»

Joe hustete, ein schwaches Lächeln auf seinen Lippen.

«Weil es mein Job ist, dich zu beschützen. Ich… ich könnte es nicht ertragen, wenn dir etwas passiert.»

Hilfe kam eilig herbei, und während Joe vorsichtig auf eine Trage gelegt wurde, hielt Ludwig seine Hand.

«Das sollte dein letzter Tag sein... Warum musste das passieren?»

Im Krankenhaus, an Joes Bett, war die Stimmung gedämpft. Ludwig hielt die Wache, unfähig, den Mann zu verlassen, der sein Leben für ihn riskiert hatte.

«Ich dachte, wir wären sicher. Ich dachte, alles wäre vorbei», flüsterte Ludwig, mehr zu sich selbst als zu Joe.

In den Tagen nach dem beängstigenden Zwischenfall lag eine schwere Stille über den gewohnten Abläufen. Die Polizei hatte ihre Ermittlungen aufgenommen, und die Nachricht, dass der Scheinwerfer absichtlich manipuliert worden war, verbreitete sich schnell.

Ein kalter Schatten der Angst legte sich über alle, die Ludwig nahestanden, während das Rätsel um den Täter und dessen Motive unaufgelöst blieb.

Joe, der im Krankenhaus langsam auf dem Weg der Besserung war, konnte den Gedanken nicht abschütteln, dass der Anschlag noch immer Fragen aufwarf.

Wer hatte einen so tiefen Groll gegen Ludwig, dass er zu einem Mordversuch fähig war? Und wichtiger noch, war Ludwig immer noch in Gefahr?

Elena besuchte Joe, ihre Sorge um beide Männer kaum zu verbergen.

«Wie geht es dir?», erkundigte sie sich leise, als sie neben Joes Bett saß.

«Ich werde durchkommen», antwortete Joe, ein schwaches Lächeln auf den Lippen. «Wir müssen herausfinden, wer hinter all dem steckt.»

Ludwig, der viel Zeit damit verbrachte, die jüngsten Ereignisse zu durchdenken, fühlte sich zunehmend frustriert über die mangelnden Fortschritte bei der Suche nach dem Täter. Die Polizei arbeitete mit Hochdruck, doch ohne greifbare Hinweise oder Motive gestaltete sich die Aufklärung schwierig.

«Es muss jemand sein, der mir nahesteht... oder zumindest dem Theater», murmelte Ludwig, während er mit Joe und Elena im Krankenhauszimmer zusammensaß.

«Wir dürfen niemanden ausschließen», sagte Joe ernst. «Es könnte jemand aus der Vergangenheit sein, jemand, der neidisch auf deinen Erfolg ist oder eine alte Rechnung offen hat.»

Die drei grübelten gemeinsam über mögliche Verdächtige, doch ohne konkrete Anhaltspunkte fühlten sich ihre Überlegungen wie Stiche im Dunkeln an. Die Theatergemeinschaft war eng verbunden, und der Gedanke, dass einer von ihnen zu einer solch extremen Tat fähig sein könnte, war beunruhigend.

«Was ist mit den technischen Mitarbeitern? Oder jemandem, der kürzlich aus dem Ensemble ausgeschieden ist?», schlug Elena vor. «Vielleicht fühlt sich jemand übergangen oder benachteiligt.»

«Die Polizei befragt bereits alle Mitarbeiter und früheren Kollegen», erklärte Ludwig. «Aber bis jetzt gibt es keine Anzeichen dafür, dass jemand von ihnen beteiligt sein könnte.»

Die Diskussion drehte sich im Kreis, jede neue Theorie führte zu weiteren Fragen, ohne Antworten zu bieten. Die Unsicherheit lastete schwer auf Ludwig. Die Vorstellung, dass der Täter noch immer frei herumlief, vielleicht sogar Pläne für einen weiteren Anschlag schmiedete, ließ ihn nachts wach liegen.

Als das Gespräch endete und Elena das Krankenhauszimmer verließ, blieb eine drückende Stille zurück. Joe griff nach Ludwigs Hand, ein stummes Versprechen von Beistand und Schutz.

«Wir werden das herausfinden, Ludwig. Ich lasse nicht zu, dass dir etwas zustößt», versicherte Joe, seine Entschlossenheit unerschütterlich.

Die Tage nach dem beängstigenden Vorfall im Theater fanden Ludwig regelmäßig an Joes Krankenhausbett. Es war ein Bild der Ruhe, das in starkem Kontrast zu den turbulenten Emotionen stand, die in beiden von ihnen brodelten. Joe, der allmählich an Stärke gewann, fand Trost in Ludwigs Anwesenheit, einem stummen Zeichen der Solidarität und Unterstützung inmitten der Unsicherheiten, die ihre Leben umgaben.

Eines Nachmittags, als die Sonne durch das Fenster des Krankenzimmers fiel und ein Muster aus Licht und Schatten auf den Boden malte, brach Ludwig das Schweigen mit einer Offenheit, die bis dahin nur in seinen Gedanken Raum gefunden hatte.

«Joe», begann er, seine Stimme kaum mehr als ein Flüstern, «diese ganzen Ereignisse… sie haben mir gezeigt, wie flüchtig alles sein kann. Wie schnell sich Leben verändern kann.»

Er hielt inne, ringend um die richtigen Worte, die seine Gefühle ausdrücken konnten.

Joe richtete seinen Blick auf Ludwig, in seinen Augen ein Leuchten, das von Verständnis und einer tiefen emotionalen Verbindung zeugte.

«Ludwig, ich...» Joe zögerte, die Bedeutung des Moments erfassend. «Ich habe in meiner Zeit als Bodyguard viele Menschen kennengelernt, viele Geschichten gehört. Aber keine hat mich so berührt wie deine. Wie unsere.»

Ludwigs Herz schlug schneller bei Joes Worten, ein süßes, doch schmerzhaftes Echo der Gefühle, die er seit ihrer ersten Begegnung zu unterdrücken versucht hatte.

«Joe, ich muss dir etwas gestehen», sagte Ludwig schließlich, den Mut zusammennehmend. «Ich habe Gefühle für dich entwickelt, die weit über das hinausgehen, was ich erwartet hatte.

Mehr als nur Freundschaft. Und ich weiß, unter anderen Umständen, in einer anderen Welt, wäre es vielleicht einfacher, diese Worte auszusprechen. Aber auch inmitten dieses Chaos, dieser Angst, fühlt es sich richtig an, dir das zu sagen.»

Ein langes Schweigen breitete sich zwischen ihnen aus, in dem Joe sorgfältig seine Antwort wählte.

«Ludwig», begann er schließlich, seine Stimme fest, doch voller Zärtlichkeit, «ich fühle dasselbe. Ich habe gegen diese Gefühle angekämpft, aus Angst, die Grenzen zu überschreiten, die unsere Situation mit sich bringt. Aber ich kann und will sie nicht länger leugnen.»

In diesem Augenblick war alles andere irrelevant. Die Unsicherheit der Zukunft, die Bedrohung, die immer noch über ihnen schwebte, die Fragen, die unbeantwortet im Raum standen – all das trat in den Hintergrund angesichts der Wahrheit ihrer Gefühle. Ludwig griff nach Joes Hand, ein physischer Ausdruck der emotionalen Brücke, die sich zwischen ihnen gebildet hatte.

«Ich weiß nicht, was die Zukunft bringt, Joe», flüsterte Ludwig, «aber ich möchte, dass du ein Teil davon bist. Egal, was passiert.»

Joe drückte Ludwigs Hand, seine Antwort ein stilles Versprechen, das keine Worte benötigte.

Ludwig beugte sich zu Joe hinab und sie gaben einander einen sanften Kuss.

In diesem Raum, durchdrungen von Sonnenlicht und Schatten, fanden sie einen Moment der Klarheit und des Friedens, ein seltenes Geschenk in den Wirren, die ihr Leben bestimmt hatten.

Kapitel 9

Ludwigs Schritte hallten durch die leeren Gänge des Theaters, als er zum ersten Mal seit dem Vorfall wieder das Gebäude betrat. Die Luft war erfüllt mit dem vertrauten Duft von Holz und Stoff, doch etwas hatte sich unwiderruflich verändert. Jeder Winkel schien die Erinnerung an jene Nacht zu bewahren, als das Licht fast erloschen wäre – sein Licht.

Die Kollegen, die ihm bei seiner Ankunft begegneten, boten tröstende Worte und Umarmungen an. Ihre Gesichter spiegelten eine Mischung aus Mitgefühl und eigener Verarbeitung der Geschehnisse wider. Ludwig schätzte ihre Anteilnahme, fühlte sich jedoch wie in einer Blase, durch die die Worte nur gedämpft zu ihm durchdrangen.

Elena fand ihn, als er im Zuschauerraum stand und die leere Bühne betrachtete. Ihre Schritte waren zögerlich, als sie sich neben ihn setzte.

«Ludwig», begann sie, ihre Stimme zitterte leicht, «ich kann mir nicht annähernd vorstellen, wie du dich fühlst. Aber ich möchte, dass du weißt, wie leid es mir tut. Nicht nur wegen… früher. Sondern auch, weil ich nicht da war, als es darauf ankam.»

Ludwig wandte sich ihr zu, sah in ihr Gesicht, das von Reue gezeichnet war.

«Elena, ich weiß, dass du deine eigenen Dämonen bekämpfst. Und ich weiß auch, dass wir alle Fehler machen. Deine Entschuldigung bedeutet mir viel.»

Seine Worte waren ehrlich, ein Zeichen seiner Bereitschaft, nach vorne zu schauen, auch wenn ein Teil seines Herzens in jener Nacht verloren gegangen war.

«Wie geht es Joe?», fragte Elena leise, als wäre sie sich unsicher, ob sie das Recht hatte, nach ihm zu fragen.

«Er erholt sich. Er ist stark», antwortete Ludwig mit einem leichten Lächeln, das mehr für sich selbst als für Elena bestimmt war. «Aber es wird Zeit brauchen. Für uns alle.»

Sie sprachen noch eine Weile, nicht nur über die Geschehnisse, sondern auch über das Theater, ihre Rollen und die Stücke, die sie prägten. Es war ein Versuch, Normalität in das Chaos zu bringen, das ihre Leben überschattete.

Als Ludwig später allein auf der Bühne stand, ließ er den Blick durch den leeren Zuschauerraum schweifen. Die Stille war erdrückend, doch zugleich bot sie Raum für Reflexion. Er dachte an Joe, an die Worte, die sie geteilt hatten, und an die ungewisse Zukunft, die vor ihnen lag. In diesem Moment erkannte er, dass das Theater – trotz allem – sein Zufluchtsort blieb. Ein Ort, an dem er nicht nur Rollen spielte, sondern sich selbst finden konnte, inmitten der Stürme des Lebens.

Die Rückkehr zur Normalität war ein schleichender Prozess, durchsetzt mit Momenten der Angst und der Trauer, aber auch mit solchen der Hoffnung und der Zuversicht. Ludwig erkannte, dass die Wunden der Vergangenheit Zeit brauchen würden, um zu heilen, dass aber das Theater – mit all seinen Erinnerungen und Herausforderungen – immer noch der Ort war, an dem er sich am meisten lebendig fühlte.

In den Proben, die nun wieder Teil seines Alltags wurden, und in den leisen Gesprächen hinter der Bühne, in den Gesten der Unterstützung und den Blicken voller Verständnis, fand Ludwig einen neuen, tieferen Sinn für seine Zugehörigkeit zur Welt des Theaters.

Joe wurde einige Tage nach dem dramatischen Vorfall aus dem Krankenhaus entlassen.

Seine Verletzungen, obwohl ernst, waren zum Glück nicht lebensbedrohlich, und dank der schnellen medizinischen Versorgung und seiner robusten Konstitution begann er schnell zu genesen. Seine Entlassung markierte nicht nur einen Wendepunkt in seiner physischen Heilung, sondern auch einen emotionalen Moment für ihn und Ludwig, da sie nun gemeinsam und mit erneuerter Entschlossenheit den nächsten Schritten entgegensehen konnten.

An dem Tag, an dem Joe aus dem Krankenhaus entlassen wurde, entschieden sich er und Ludwig, dies bei Maria im Café gegenüber dem Theater zu feiern.

Als sie eintraten, wurden sie sofort von Maria begrüßt, deren Augen sich bei dem Anblick Joes mit Freude und Erleichterung füllten.

«Joe! Es ist so schön, dich wieder auf den Beinen zu sehen», rief sie aus und kam um den Tresen herum, um beide in eine herzliche Umarmung zu ziehen. «Und Ludwig, dich strahlend und in guter Gesellschaft zu sehen, wärmt mir das Herz.»

Nachdem sie sich an ihrem Stammplatz niedergelassen hatten, mit Blick auf die belebte Straße und das Theater gegenüber, schwebte ein Gefühl der Zuversicht zwischen ihnen. Doch dieser friedliche Moment wurde jäh durch Ludwigs klingelndes Handy unterbrochen.

Es war ein Anruf von der Polizei.

«Herr Lanz? Hier ist Kommissar Weber. Ich habe Neuigkeiten bezüglich des Anschlags im Theater. Wir haben eine verdächtige Person auf den Überwachungsbildern identifiziert, die sich zur Tatzeit im Bühnenbereich aufhielt. Alles deutet auf Markus Steiner hin, ein ehemaliges Mitglied Ihres Ensembles. Das Problem ist, er ist verschwunden. Seine Wohnung ist leer, und sein Aufenthaltsort ist derzeit unbekannt.»

Ludwig fühlte, wie sich die anfängliche Erleichterung in eine tiefe Besorgnis verwandelte.

«Und jetzt? Was bedeutet das für uns?»

«Wir haben die Fahndung eingeleitet, aber bis wir Herrn Steiner finden, besteht möglicherweise weiterhin eine Gefahr für Sie. Ich rate zu erhöhter Vorsicht. Wir werden natürlich alles tun, um Sie zu schützen.»

Nachdem das Gespräch beendet war, ließen Ludwig und Joe den Informationsfluss zwischen sich sacken. Maria, die bemerkt hatte, dass sich die Stimmung verändert hatte, näherte sich ihrem Tisch mit besorgtem Blick.

«Ist alles in Ordnung bei euch?»

«Es ist noch nicht vorbei», gestand Ludwig, während Joe zustimmend nickte.

Maria legte ihre Hände auf ihre Hüften, ihr Blick wurde entschlossen.

«Dieses Café ist immer ein sicherer Hafen für euch. Wir lassen uns von niemandem einschüchtern, verstanden?»

Nach dem Anruf saßen sie eine Weile schweigend da, verloren in ihren

Gedanken, bis Elena das Café betrat. Ihr Blick fiel sofort auf Ludwig und Joe, und sie steuerte direkt auf sie zu.

«Ich habe gehört, was passiert ist», sagte sie leise, als sie sich zu ihnen setzte. «Dass Markus... Ich kann es kaum glauben.»

Elena atmete tief durch, bevor sie weitersprach.

«Mir ist allerdings eingefallen, warum Markus entlassen wurde. Du weißt ja selbst, es ist nun fast ein Jahr her. An diesen Vorfall hatte ich nicht mehr gedacht. Es war nicht nur sein Verhalten oder seine Einstellung. Er hat Requisiten aus dem Theater gestohlen. Und als er damit konfrontiert wurde, hat er alles abgestritten.»

Die Neuigkeiten überraschten Ludwig.

«Und warum denkt er, dass ich etwas damit zu tun habe?»

«Nachdem er entlassen wurde, hat Markus angefangen, zu glauben, dass jemand ihn verraten hat. Was ist, wenn er denkt, dass du es warst?»

«Aber ich habe ihn nicht verraten. Ich war damals neu am Theater, habe in kaum gekannt. Ich wusste ja nicht einmal, dass er wegen Diebstahls entlassen wurde», entgegnete Ludwig erstaunt.

«Ich weiß, Ludwig. Aber vielleicht hat sich in Markus' Kopf diese Überzeugung festgesetzt. Seine Entlassung war ein enormer Schlag für ihn – nicht nur beruflich, sondern auch persönlich. Er sah, wie seine Zukunft zerbröckelte, und in seiner Wut und Verzweiflung hat er dich zum Sündenbock gemacht», sagte Elena.

Joe, der die Unterhaltung aufmerksam verfolgte, fügte hinzu: «Das gibt seinen Aktionen einen Kontext. Nicht, dass es sie rechtfertigt, aber es hilft uns, seine Motive besser zu verstehen.»

«Genau darum geht es mir», sagte Elena. «Vielleicht hilft es der Polizei auch, Markus besser zu verstehen und letztendlich zu finden.»

Kapitel 10

Der kühle Abendwind wehte sanft durch die Straßen, als Ludwig und Joe, Hand in Hand, das Theater verließen. Die Stille der Nacht umhüllte sie, ein friedvoller Kontrast zu dem Sturm der Gefühle, der in ihnen beiden tobte. Sie genossen die Nähe des anderen, ein stilles Bekenntnis ihrer Verbundenheit in einer Welt, die so oft von Unsicherheit geprägt war.

«Es fühlt sich so richtig an, mit dir hier zu sein», murmelte Ludwig, seine Finger fester um Joes Hand schließend.

Joe lächelte, sein Blick voller Zuneigung auf Ludwig gerichtet.

«Ich könnte mir keinen besseren Ort vorstellen, an dem ich gerade sein möchte.»

Ihre Schritte hallten auf dem Pflaster, als plötzlich eine dunkle Gestalt aus dem Schatten trat und sich ihnen in den

Weg stellte. Es war Markus, sein Gesicht zu einer Maske der Wut verzerrt.

«Ludwig! Du hast mein Leben zerstört!» Markus' Stimme zitterte vor Zorn.

Ludwig blieb stehen, sein Herzschlag beschleunigte sich.

«Markus, das ist nicht wahr. Was immer du denkst, dass passiert ist – wir können darüber reden.»

«Reden?» Markus lachte bitter. «Es ist zu spät zum Reden. Du hast mir alles genommen, was mir wichtig war!»

Bevor Ludwig reagieren konnte, stürmte Markus vor, in seiner Hand hielt er ein Messer. Doch Joe war schneller. Mit der Präzision eines erfahrenen Bodyguards trat er vor Ludwig und blockierte Markus' Stoß. Das Messer fiel auf den Boden.

«Das ist genug!» Joes Stimme war ruhig, aber bestimmt. «Gewalt ist nicht die Lösung.»

Markus kämpfte wild, aber Joe hielt ihn fest, unerschütterlich in seinem Entschluss, Ludwig zu schützen.

«Du verstehst nicht», keuchte Markus, während er sich in Joes Griff wand.

«Was ich verstehe, ist, dass Hass nur mehr Hass erzeugt», entgegnete Joe, während er Markus weiter festhielt.

Die Polizeisirenen in der Ferne kündigten das baldige Eintreffen der Ordnungshüter an. Markus hörte auf zu kämpfen, die Erkenntnis seiner Ausweglosigkeit dämmerte ihm.

Als die Polizei eintraf und Markus in Gewahrsam nahm, sahen Joe und Ludwig einander an, ihre Blicke voller Erleichterung, aber auch tiefer Sorge um die Narben, die dieser Konflikt hinterlassen hatte.

«Joe, ich… ich weiß nicht, was ich ohne dich getan hätte», flüsterte Ludwig, seine Stimme zitternd.

«Du wirst es nie herausfinden müssen», antwortete Joe, seine Hand sanft auf

Ludwigs Wange legend. «Ich bin hier, für dich. Wir stehen das gemeinsam durch.»

Nachdem die Polizeiwagen in die Nacht verschwunden waren, standen Ludwig und Joe noch einen Moment lang in der leeren Straße. Der Schrecken des Abends lag schwer in der Luft, doch mit Markus' Festnahme begann er, sich langsam aufzulösen.

«Ich kann kaum glauben, dass das wirklich passiert ist», sagte Ludwig leise, während er noch immer versuchte, die Ereignisse zu verarbeiten.

«Es ist vorbei», antwortete Joe, seine Stimme fest, aber sanft. «Komm, lass uns nach Hause gehen. Wir beide könnten etwas Ruhe gebrauchen.»

Als sie den Weg zu Ludwigs Wohnung antraten, fühlte sich jeder Schritt wie eine Befreiung von dem Gewicht an, das sie die ganzen Wochen getragen hatten. In dieser Stille, nur unterbrochen durch das gelegentliche Knirschen ihrer Schritte auf dem Kiesweg, fanden sie einen tröstlichen Frieden in der Gegenwart des anderen.

Zuhause angekommen, ließ Ludwig seine Schlüssel auf dem Küchentresen fallen und wandte sich Joe zu. In dem warmen Licht der Wohnung wirkte die Dunkelheit der vergangenen Stunden weit entfernt.

«Joe, nach allem, was passiert ist... Ich bin so dankbar, dass du bei mir bist.»

Joe trat näher, seine Hände fanden die von Ludwig.

«Nichts hätte mich davon abhalten können, bei dir zu sein. Wir haben viel durchgemacht, Ludwig. Aber es hat uns nur nähergebracht.»

In diesem Moment gab es für Ludwig nichts Wichtigeres als die Nähe zu Joe. Die Ereignisse des Abends hatten eine neue Tiefe in ihrer Beziehung eröffnet, eine Verbindung, die über Worte hinausging.

«Lass uns ins Bett gehen», schlug Ludwig vor, seine Stimme kaum mehr als ein Flüstern. «Wir brauchen beide etwas Ruhe.»

Joe nickte, und Hand in Hand gingen sie ins Schlafzimmer. Sie zogen sich aus und schlüpften unter die Decke, die Wärme des anderen suchend. In der Stille der Nacht, umhüllt von der Dunkelheit, fanden sie Trost in der Gegenwart des anderen. Ihre flüsternden Gespräche drehten sich nicht mehr um die Angst und die Unsicherheit, sondern um die Hoffnung und die Zuversicht, die sie in ihrer gemeinsamen Zukunft sahen.

Während sie so dalagen, die Stille nur durch das leise Atmen des anderen unterbrochen, fühlte Ludwig, wie die Anspannung von ihm abfiel.

Hier, in Joes Armen, fand er einen Frieden, den er seit Langem nicht gespürt hatte. Die Ereignisse des Abends hatten sie auf eine harte Probe gestellt, aber sie hatten sie gemeinsam überstanden.

«Ich liebe dich, Joe», flüsterte Ludwig, die Worte leise in der Dunkelheit.

«Ich liebe dich auch, Ludwig», antwortete Joe, seine Stimme ebenso leise, aber voller Gewissheit.

Prolog

Einige Monate waren vergangen seit jener Nacht, die Ludwig und Joe für immer verändern sollte. Der Frühling hatte die Kälte des Winters abgelöst, und mit ihm blühte nicht nur die Natur, sondern auch die Hoffnung und das neue Leben, das die beiden gemeinsam aufgebaut hatten.

An diesem besonderen Morgen saßen Ludwig und Joe auf ihrem kleinen Balkon, umgeben von blühenden Topfpflanzen, die Joe mit liebevoller Sorgfalt gepflegt hatte. Die Sonne war gerade aufgegangen, tauchte die Stadt in ein sanftes, goldenes Licht und versprach einen Tag voller Möglichkeiten.

«Wenn mir jemand gesagt hätte, dass wir hier sein würden, nach allem, was passiert ist… Ich hätte es kaum glauben können», sagte Ludwig, während er einen Schluck von seinem Kaffee nahm.

Joe lächelte, seine Augen leuchteten in der Morgensonne.

«Das Leben ist voller Überraschungen, nicht wahr?»

Die Ereignisse mit Markus schienen jetzt wie ein ferner Schatten, eine dunkle Erinnerung, die durch die Liebe und Unterstützung, die sie füreinander und von ihren Freunden erfahren hatten, verblassen konnte. Markus war zu einer langen Haftstrafe verurteilt worden, ein Kapitel, das sie nun endgültig hinter sich lassen konnten.

«Es war nicht leicht», fuhr Ludwig fort, seine Hand suchte und fand Joes. «Aber ich glaube, es hat uns auch gezeigt, dass es okay ist, Hilfe zu suchen und sich auf andere zu verlassen.»

Joe nickte zustimmend.

«Genau. Und es hat uns gelehrt, jeden Moment zu schätzen. Nichts ist selbstverständlich.»

Ihre Blicke trafen sich, und in diesem Moment brauchten sie keine Worte, um zu verstehen, was der andere dachte.

«Was hältst du davon, heute Abend mit den anderen auszugehen?», schlug Joe vor.

Er hatte seinen Job als Bodyguard aufgegeben und arbeitete nun als Türsteher einer kleinen Diskothek «Es wäre schön, etwas Zeit mit unseren Freunden zu verbringen.»

Ludwig lächelte.

«Das klingt perfekt. Es ist an der Zeit, das Leben zu feiern – unser Leben.»

Niklas und Luke
Vergittertes Herz

Kapitel 1

Niklas schlenderte durch die kühlen, hallenden Gänge des Gefängnisses von Kastellburg, sein Blick auf die grauen, abgenutzten Fliesen unter seinen Füßen gerichtet.

Der frühe Morgen hatte noch nicht begonnen, die Schatten der Nacht vollständig zu vertreiben, und die künstlichen Lichter über ihm warfen ein grelles, unerbittliches Licht auf die Korridore. Seine Schritte hallten in einer monotonen Regelmäßigkeit wider, die sich mit den leisen, aber stetigen Geräuschen des Gefängnisalltags vermischte: dem Knarren einer Tür, dem leisen Murmeln von Stimmen hinter massiven Zellentüren, dem gelegentlichen Klirren von Schlüsseln.

Niklas war nun schon seit drei Jahren als Wärter hier tätig, und obwohl die Routine seine Tage vorhersehbar machte, blieb ein Rest Unsicherheit, der ihn wachsam hielt. Jeder Tag konnte die gleiche Monotonie aufweisen oder plötzlich von unvorhergesehenen Ereignissen durchbrochen werden. Gerade diese Unvorhersehbarkeit ließ ihn manchmal zweifeln, ob dies wirklich der richtige Beruf für ihn war. Doch dann erinnerte er sich daran, wie wichtig Stabilität und Sicherheit für die Gesellschaft waren – Werte, die er durch seine Arbeit verteidigte.

Er betrat den Kontrollraum, ein kleiner, quadratischer Raum mit einem Überwachungsschalter, der einen umfassenden Blick auf die Überwachungskameras bot. Niklas grüßte knapp seinen Kollegen Martin, der die Nachtschicht hatte und sichtlich müde aussah.

«Ruhige Nacht?», fragte Niklas, während er seine Jacke an einen Haken hängte.

«Wie immer. Nichts Neues. Der Neue kommt heute, oder?», antwortete Martin, während er sich die Augen rieb. «Ja, soll am Vormittag eintreffen. Hat der Direktor dir etwas über ihn erzählt?», erkundigte sich Niklas, neugierig auf jede Information, die über das übliche Maß hinausging.

«Nicht viel. Nur dass wir ihn im Auge behalten sollen. Du weißt schon, das Übliche.» Martin stand auf und streckte sich. «Pass auf dich auf, Niklas. Und halt ein Auge auf den Neuen.»

«Mach ich. Danke, Martin.»

Mit diesen Worten übernahm Niklas den Kontrollraum. Er setzte sich an den Schreibtisch und studierte die Monitore vor sich. Es war eine bizarre Erfahrung, das Leben so vieler Menschen aus dieser Vogelperspektive zu überwachen, ein ständiger Balanceakt zwischen Distanz wahren und eingreifen müssen.

Als die Sonne höher stieg und das Tageslicht die künstliche Beleuchtung im Gefängnis überflüssig machte, machte sich Niklas auf den Weg, um die anderen Wärter zu treffen und die Vorbereitungen für die Ankunft des neuen Insassen zu treffen.

Während er durch die Gänge ging, dachte Niklas über seine eigenen Anfänge hier nach. Jeder Schritt, den er damals tat, war von Unsicherheit geprägt gewesen. Jetzt, drei Jahre später, fühlte er sich sicherer, aber das Bewusstsein, dass jeder neue Tag eine neue Herausforderung darstellen könnte, ließ ihn nie ganz los.

Kapitel 2

Luke fühlte den festen Griff des Wärters an seinem Arm, als er aus dem Transporter stieg und den ersten Blick auf das Gefängnis von Kastellburg warf. Das massive Gebäude stand düster und einschüchternd vor ihm, seine hohen Mauern verschluckten beinahe das Morgenlicht. Es war ein kalter, grauer Tag, und ein leichter Nieselregen fiel, machte die Szenerie noch trister.

Er wurde durch eine schwere Eisentür geführt, die hinter ihm mit einem hohlen Echo ins Schloss fiel. Das Geräusch hallte in Luke nach, ein ständiger Reminder daran, dass es kein Zurück mehr gab.

Sein Herz schlug schneller, während er versuchte, seine Nervosität unter Kontrolle zu halten. Er musste stark bleiben, sich nichts anmerken lassen. Seine Rolle als Insasse war eine Fassade, aber eine, die er um jeden Preis aufrechterhalten musste.

Im Eingangsbereich wurde Luke einer gründlichen Durchsuchung unterzogen. Die Routine war erniedrigend, aber er wusste, dass Widerstand nur Misstrauen erwecken würde. Nachdem er seine Habseligkeiten abgegeben hatte, darunter ein paar persönliche Gegenstände, die er mitnehmen durfte, wurde ihm eine Gefängnisuniform überreicht. Der grobe Stoff kratzte auf seiner Haut, ein ständiger, unangenehmer Reminder an seine neue Realität.

«Name?», fragte der Wärter, ein älterer Mann mit strengem Blick und einer tiefen Falte zwischen den Augenbrauen.

«Luke Schwarz», antwortete er mit fester Stimme, um sich seine Nervosität nicht anmerken zu lassen.

«Folge mir. Du wirst jetzt deine Zelle zugewiesen bekommen und die Regeln hier lernen. Verstöße werden nicht toleriert», erklärte der Wärter, während sie durch einen weiteren langen Gang gingen.

Luke nickte nur, seine Gedanken wirbelten umher. Er wusste, dass die nächste Zeit entscheidend sein würde. Er musste Verbindungen knüpfen, Vertrauen aufbauen, aber gleichzeitig vorsichtig sein, um nicht zu viel von sich preiszugeben.

Die Hauptaufgabe, Informationen über den Mafiaboss zu sammeln, der ebenfalls in diesem Gefängnis saß, schwebte wie ein Damoklesschwert über ihm.

Sie erreichten einen Block mit Zellen, und Luke wurde eine Zelle am Ende des Ganges zugewiesen. Der Raum war klein und karg, mit einem schmalen Bett, einem Waschbecken und einer Toilette. Sein Zellenpartner, ein Mann mittleren Alters mit müden Augen und einer Narbe über der linken Wange, nickte ihm stumm zu.

«Das ist Tom», sagte der Wärter, bevor er sich umdrehte und ging. «Ich lasse euch jetzt allein. Essen gibt es in einer Stunde im Gemeinschaftsraum. Bis dahin solltest du dich einrichten.»

Als die Schritte des Wärters verklungen waren, richtete Luke sich an Tom.

«Hi, ich bin Luke.»

Tom musterte ihn kurz und nickte dann.

«Tom. Willkommen in Kastellburg. Hoffe, du hast dich darauf eingestellt, eine Weile zu bleiben.»

Luke setzte sich auf sein Bett und sah sich um. Die Zelle war beklemmend eng, die Wände kalt und ausdruckslos. Es würde nicht einfach werden, sich hier einzuleben, aber er hatte keine Wahl. Jeder Tag, den er hier verbrachte, war ein Tag näher an seinem Ziel, und das hielt ihn aufrecht.

Während er seine wenigen Besitztümer auspackte, dachte Luke über seine Mission nach. Er musste vorsichtig sein, clever und geduldig. Der Erfolg seiner Undercover-Mission hing nicht nur von seiner Fähigkeit ab, Informationen zu sammeln, sondern auch davon, wie gut er sich in die Gefängnisgemeinschaft integrieren konnte.

Niklas war an diesem Tag damit beauftragt, die Überwachung der neu ankommenden Insassen zu leiten, eine Aufgabe, die turnusmäßig unter den Wärtern rotiert. Dies gab ihm die Gelegenheit, die neuen Insassen zu beobachten und sicherzustellen, dass ihre Integration in die Gefängnisgemeinschaft reibungslos verlief. Es war auch eine Maßnahme, um die Sicherheit für alle Beteiligten zu gewährleisten, insbesondere da einige der Neuen möglicherweise von anderen Gefängnissen oder aus schwierigen Verhaftungssituationen kamen.

Als er Lukes Zelle erreichte, klopfte Niklas an die Tür und trat ein. Luke und sein Zellenpartner Tom sahen auf, und sofort fiel Niklas' Blick auf Luke. Trotz der tristen Umgebung und der Gefängniskleidung hatte Luke eine Ausstrahlung, die sofort Niklas' Aufmerksamkeit erregte. Es war mehr als nur Lukes offensichtlich gutes Aussehen; es war eine Art stille Intensität, die Niklas selten bei Insassen bemerkte.

«Guten Tag, ich bin Wärter Niklas Meier. Heute überwache ich die Integration der neuen Insassen. Wie geht es dir bisher?», fragte Niklas, seine Stimme ruhig und professionell, doch seine Augen zeigten ein echtes Interesse.

Luke stand auf, sein Verhalten selbstbewusst und gefasst.

«Luke Schwarz. Danke, es ist alles noch etwas neu, aber ich komme klar.» Seine Stimme war fest, und Niklas spürte eine untergründige Kraft darin.

Niklas nickte.

«Ich werde sicherstellen, dass dein Einstieg hier so reibungslos wie möglich verläuft. Wenn du Fragen hast oder irgendwelche Bedenken, lass es mich wissen. Wir wollen sicherstellen, dass alle Insassen fair behandelt werden.»

«Das weiß ich zu schätzen», erwiderte Luke, und Niklas bemerkte einen Hauch von Erleichterung in seinen Augen.

Nach einem kurzen Austausch mit Tom verließ Niklas die Zelle, um seine Runde fortzusetzen. Während er durch die Gänge ging, dachte er über die Begegnung nach. Luke hatte etwas an sich, das er schon lange nicht mehr gesehen hatte. Vielleicht auch noch nie. Er hätte gern mehr über den attraktiven Mann erfahren, aber er wusste, dass er professionell bleiben musste.

Diese Neugier war gefährlich.

Kapitel 3

Luke hatte gerade sein spärliches Mittagessen beendet, als er zurück in seine Zelle geführt wurde. Die erste Mahlzeit hinter Gittern hatte etwas Endgültiges an sich, und obwohl er schon viele Herausforderungen in seinem Leben gemeistert hatte, fühlte sich dies wie ein besonders schwerer Schlag an. Der Gemeinschaftsraum war laut und unruhig gewesen, gefüllt mit dem Gemurmel und den gelegentlichen Ausrufen anderer Insassen. Luke hatte bemerkt, wie einige der älteren Gefangenen ihn musternd betrachteten, ihre Blicke scharf und abwägend.

Jetzt, wieder in der relativen Stille seiner Zelle, setzte sich Luke auf sein Bett und schaute zu Tom, der auf seinem eigenen Lager lag und ein abgegriffenes Buch las. Tom schien ihn bewusst zu ignorieren, was Luke die

Gelegenheit gab, seine Gedanken zu ordnen. Er musste klug vorgehen, wollte er seine Mission erfolgreich ausführen und gleichzeitig unversehrt bleiben.

«Hast du Tipps für einen Neuling?», brach Luke schließlich das Schweigen. Seine Stimme war ruhig, aber seine innere Anspannung war kaum zu verbergen.

Tom blickte von seinem Buch auf und musterte Luke einen Moment lang. «Halte den Kopf unten und bleib aus Ärger heraus. Und vertraue niemandem zu schnell – hier drinnen ist jeder für sich selbst.»

«Verstanden», antwortete Luke, obwohl er wusste, dass sein Erfolg genau davon abhängen würde, wie gut er die anderen Insassen für sich gewinnen konnte. «Danke.»

Tom nickte knapp und widmete sich wieder seinem Buch, ließ Luke mit seinen Gedanken allein.

Luke wusste, dass er vorsichtig sein musste, um nicht zu offensichtlich nach Informationen zu suchen, besonders nicht so früh. Er musste erst Vertrauen aufbauen, sich einen Platz in dieser neuen Hierarchie erarbeiten.

In den folgenden Tagen lernte Luke schnell die ungeschriebenen Regeln des Gefängnislebens. Er beobachtete, wie Gruppen sich bildeten, wer Einfluss hatte und wer gemieden wurde. Besonders achtete er auf jegliche Erwähnung von Antonio, dem Mafiaboss, der das Ziel seiner Ermittlung war. Antonio hielt sich meistens im Hintergrund, umgeben von einer Gruppe treuer Anhänger, die ihn wie eine Art König behandelten.

Die Herausforderung bestand nicht nur darin, Antonio nahezukommen, sondern auch darin, es so zu tun, dass es nicht verdächtig erschien. Luke musste geduldig sein, eine Eigenschaft, die ihm nicht immer leichtfiel, besonders unter diesen bedrückenden Umständen.

Eines Abends, als die Zellen für die Nacht verschlossen wurden, lehnte sich Luke gegen die kalte Wand und schloss die Augen. Die Dunkelheit in seiner Zelle war erdrückend, und die Stille wurde nur durch das gelegentliche Rasseln von Ketten und das ferne Schlagen von Eisentüren unterbrochen.

In diesem Moment fühlte er das volle Gewicht seiner Aufgabe.

Er dachte an Niklas, den Wärter, dessen ernste, aber freundliche Augen ihn irgendwie beruhigt hatten. Luke hoffte, dass ihre Pfade sich wieder kreuzen würden. Vielleicht konnte Niklas, ohne es zu wissen, ein Verbündeter sein, oder zumindest eine Quelle von Trost in diesem harten Umfeld. Luke wusste, dass er jede Hilfe brauchen könnte, die er bekommen konnte.

Die nächsten Tage würden entscheidend sein, um seine Strategie zu festigen und die ersten Schritte zu machen, die ihn seinem Ziel näherbrachten.

Kapitel 4

Das morgendliche Licht fiel flach durch die hohen Fenster des Besprechungsraums im Verwaltungsgebäude des Gefängnisses von Kastellburg. Niklas hatte sich frühzeitig eingefunden, eine Gewohnheit, die er von seinem Vater übernommen hatte. Er saß an einem der hinteren Plätze, seine Hände gefaltet, während er darauf wartete, dass die Besprechung begann.

Der Raum füllte sich langsam mit anderen Wärtern und einigen höheren Beamten. Der Gefängnisdirektor, Herr Fischer, trat an das Podium. Er war ein ernster Mann mit scharfen Gesichtszügen und einer durchdringenden Art zu sprechen. Niklas respektierte ihn, war jedoch manchmal von seiner unnachgiebigen Strenge eingeschüchtert.

«Guten Morgen», begann Herr Fischer. «Wie Sie wissen, haben wir in den letzten Monaten eine erhöhte Kriminalität innerhalb der Gefängnismauern festgestellt. Außerdem gibt es eine neue Initiative des Justizministeriums, die darauf abzielt, die Sicherheit in allen Bundesgefängnissen zu verstärken. Diese Besprechung dient dazu, unsere aktuellen Sicherheitsprotokolle zu überprüfen und anzupassen.»

Ein Sicherheitsbeamter trat vor und projizierte einige Grafiken an die Wand. «Hier sehen Sie die Zunahme der Vorfälle in den letzten sechs Monaten – darunter Drogenfunde, Schmuggel von unerlaubten Gegenständen und gewalttätige Auseinandersetzungen. Unsere Antwort darauf muss eine Anpassung unserer Überwachungs- und Sicherheitsstrategien sein.»

Die Diskussion vertiefte sich, als Maßnahmen wie die Erhöhung der Anzahl der Kameras, die Verschärfung der Kontrollen bei Besuchen und die Verbesserung der Koordination zwischen den verschiedenen Abteilungen besprochen wurden.

«Diese Maßnahmen sind nicht nur als Reaktion auf spezifische Bedrohungen gedacht, sondern auch präventiv», erklärte Herr Fischer. «Wir wollen sicherstellen, dass unser Gefängnis ein sicheres Umfeld für sowohl Insassen als auch Personal bleibt.»

Niklas lauschte aufmerksam.

Die Informationen waren besorgniserregend, aber die transparente Kommunikation und die offensichtlichen Bemühungen zur Verbesserung der Situation gaben ihm ein Gefühl der Sicherheit. Gleichzeitig machte er sich Gedanken darüber, wie diese Veränderungen den Alltag und die Stimmung im Gefängnis beeinflussen würden. Jeder im Raum wusste, dass die Umsetzung dieser neuen Maßnahmen sorgfältig beobachtet und möglicherweise angepasst werden musste, abhängig von ihrer Wirksamkeit und den Reaktionen der Insassen.

Als die Besprechung endete, fühlte sich Niklas einerseits besser informiert, andererseits aber auch besorgt über die zunehmenden Herausforderungen. Er wusste, dass er und seine Kollegen in den kommenden Wochen besonders wachsam sein mussten. Während er den Raum verließ, dachte er über die Menschen nach, die von diesen Entscheidungen betroffen waren – nicht nur die Wärter und das übrige Personal, sondern auch die Insassen, deren tägliches Leben sich nun verändern würde.

Kapitel 5

Luke spürte, dass jede seiner Bewegungen von den Wärtern genau beobachtet wurde, während er den Hof des Gefängnisses betrat. Die Luft war kalt und der Himmel bedeckt, eine passende Kulisse für das graue Betonmeer von Kastellburg. Er schloss sich einer Gruppe von Insassen an, die sich auf einem abgenutzten Spielfeld versammelten, um Fußball zu spielen. Sport war eine der wenigen Gelegenheiten, bei denen die Insassen eine gewisse Freiheit genossen, und eine perfekte Chance für Luke, sich unauffällig in die Gemeinschaft zu integrieren.

Er wurde schnell in ein Team eingeteilt und das Spiel begann. Luke nutzte die Gelegenheit, um sich körperlich zu betätigen und gleichzeitig die Dynamik zwischen den Insassen zu beobachten.

Seine Augen suchten nach Antonio und seinen engsten Verbündeten. Er bemerkte, dass einige von ihnen am Rand des Spielfelds standen und zuschauten, ihre Gespräche leise und ernst.

Nach einigen Minuten auf dem Feld gelang es Luke, eine kurze Pause zu nutzen, um sich Antonio zu nähern. Er wählte seine Worte sorgfältig, bewusst darum bemüht, nicht zu aufdringlich zu wirken.

«Schönes Spiel heute, oder?», begann er, sich neben zwei von Antonios Männern stellend.

Einer der Männer, ein breitschultriger Insasse mit einem dichten Bart, nickte knapp.

«Ja, du bist ganz gut. Wo hast du gespielt?»

Luke lächelte leicht, dankbar für das eingegangene Gespräch. «Früher viel in der Schule und dann ein bisschen im Verein. Aber es ist eine Weile her.» Seine Antwort war vage, aber wahrheitsgetreu genug, um glaubwürdig zu sein.

Das Gespräch vertiefte sich nicht weiter, aber die kurze Interaktion war ein erster Schritt. Luke wusste, dass es wichtig war, langsam vorzugehen und Vertrauen schrittweise aufzubauen. Nach dem Spiel verbrachte er noch einige Zeit damit, mit verschiedenen Insassen zu sprechen, immer darauf bedacht, sich nicht zu sehr aufzudrängen oder verdächtig zu erscheinen.

Als er später in seine Zelle zurückkehrte, reflektierte Luke die Ereignisse des Tages. Er hatte einige Namen und Gesichter zugeordnet und begann, ein besseres Verständnis für die Hierarchie und die ungeschriebenen Regeln innerhalb der Insassen zu entwickeln.

Jeder Schritt, den er tat, musste wohlüberlegt sein, denn ein falscher Zug konnte seine gesamte Mission gefährden.

Diese erste Kontaktaufnahme mit Antonios Leuten war ein kleiner, aber entscheidender Schritt in seinem langfristigen Plan. Luke war sich bewusst, dass er geduldig und vorsichtig sein musste, und das Fußballspiel hatte ihm eine unschätzbare Gelegenheit gegeben, ohne großen Verdacht erste Verbindungen zu knüpfen. Er wusste, dass es viele weitere solcher Momente brauchen würde, um sein Ziel zu erreichen, aber er war bereit, das Risiko einzugehen.

Nach dem sportlichen Nachmittag, der sowohl für Körper als auch für Lukes Pläne aufschlussreich war, fand er sich zufällig neben Niklas wieder, als sie beide den Gefängnishof überquerten. Die kühle Herbstluft hatte sich ein wenig aufgewärmt, und ein paar Sonnenstrahlen brachen durch die sonst dichte Wolkendecke.

Es war einer dieser seltenen Momente im Gefängnisalltag, die ein Hauch von Normalität vermittelten.

Niklas hatte die Entwicklung auf dem Spielfeld aus der Ferne beobachtet, nicht ahnend, dass Luke strategische Verbindungen knüpfte. Er bemerkte jedoch die Art, wie Luke mit den anderen Insassen interagierte, und das hatte sein Interesse geweckt. Als er neben Luke herging, entschloss er sich spontan, das Gespräch zu suchen.

«Das war ein gutes Spiel da draußen», begann Niklas, die Worte sorgfältig wählend, um nicht zu offiziell zu klingen. «Du scheinst schnell Anschluss zu finden, das ist gut.»

Luke lächelte leicht.

«Danke, ich versuche nur, das Beste aus der Situation zu machen. Fußball hilft... es fühlt sich ein bisschen wie Freiheit an.»

Niklas nickte verstehend. Er hatte oft beobachtet, wie Sport den Insassen half, etwas von dem Druck abzubauen, den das Gefängnisleben mit sich brachte.

«Ja, das kann ich nachvollziehen. Es ist wichtig, etwas zu haben, das einem ein Stück Normalität gibt.»

Die beiden gingen einige Schritte in bequemem Schweigen nebeneinander her, dann wagte Niklas eine persönlichere Frage, getrieben von der menschlichen Neugier, die jeder Wärter manchmal empfand.

«Wie kommst du zurecht? Die ersten Tage sind oft die härtesten.»

Luke blickte kurz zur Seite, überlegte, wie viel er preisgeben sollte.

«Es ist eine Umstellung, das ist sicher. Aber ich glaube, ich finde langsam meinen Platz hier.»

Niklas bemerkte die sorgfältig gewählten Worte und spürte, dass Luke mehr überlegte, als er sagte. Es war nicht ungewöhnlich, dass Insassen zurückhaltend waren, und doch fühlte Niklas, dass bei Luke mehr dahintersteckte. Er entschied, das Thema nicht weiter zu vertiefen, wissend, dass Vertrauen Zeit brauchte.

«Nun, wenn es irgendwas gibt, das deinen Aufenthalt hier erleichtern könnte, lass es mich wissen. Es ist Teil meines Jobs, sicherzustellen, dass du sicher bist und fair behandelt wirst», sagte Niklas, mehr Professionalität in seine Stimme legend.

Luke nickte dankbar, beeindruckt von Niklas' aufrichtigem Ansatz.

«Ich werde daran denken. Danke.»

Als sie sich den Gebäuden näherten, trennten sich ihre Wege. Luke dachte über das Gespräch nach und wie es vielleicht seine Perspektive auf Niklas verändert hatte. Vielleicht war Niklas mehr als nur ein weiterer Wärter, vielleicht konnte er sogar ein unerwarteter Verbündeter sein, dachte Luke, während er zurück in die streng geregelte Welt des Gefängnisalltags ging.

Niklas hingegen fühlte eine unerklärliche Verbindung zu dem neuen Insassen, eine Mischung aus professionellem Interesse und menschlichem

Mitgefühl, die ihn in den kommenden Tagen beschäftigen würde.

Der Gefängnishof war am späten Nachmittag meistens ruhiger, die meisten Insassen zogen sich nach dem Abendessen in ihre Zellen zurück oder nutzten die letzte Zeit des Tages für ruhigere Aktivitäten. Luke nutzte diese Zeit, um einen Brief zu schreiben, eine der wenigen Möglichkeiten, die ihm zur Verfügung standen, um mit der Außenwelt in Kontakt zu treten. Während er sorgfältig die Worte wählte, hörte er plötzlich laute Stimmen und das Geräusch eines Kampfes draußen.

Er legte den Stift nieder und trat vorsichtig an das kleine Fenster seiner Zelle, von wo aus er einen Teil des Hofes einsehen konnte. Dort sah er eine Gruppe von Insassen, die sich um zwei Männer versammelt hatten, die auf dem Boden rangen. Einer der Männer war Antonio, der offenbar in eine ernsthafte Auseinandersetzung verwickelt war.

Ohne weiter zu zögern, verließ Luke seine Zelle und eilte zum Ort des Geschehens. Sein Herz schlug heftig, als er sich durch die Menge drängte.

Als Undercover-Ermittler war es sein Job, Informationen zu sammeln, aber in diesem Moment war sein erster Instinkt, zu helfen und möglicherweise seine Position in Antonios Kreis zu stärken.

«Hey! Lasst das!», rief er, als er die Szene erreichte. Die anderen Insassen zögerten, aber Lukes entschlossenes Auftreten machte Eindruck. Er beugte sich zu Antonio hinunter, der mit dem Rücken auf dem Boden lag, und half ihm auf.

«Alles in Ordnung?», fragte Luke, während er Antonio stützte.

Der Mafiaboss nickte knapp, sein Gesicht angespannt vor Schmerz, aber seine Augen funkelten mit einer

Mischung aus Überraschung und Berechnung.

«Danke», murmelte Antonio, sein Blick fest auf Luke gerichtet. «Du bist neu hier, oder? Ich werde das nicht vergessen.»

Die Situation beruhigte sich schnell, als die Wärter eintrafen, um die Ordnung wiederherzustellen. Luke nutzte die Gelegenheit, um sich diskret zurückzuziehen, sich der Risiken bewusst, die eine solche Aktion mit sich brachte. Er hatte möglicherweise Antonios Aufmerksamkeit und möglicherweise sein Vertrauen gewonnen, aber er hatte sich auch in das Licht der Wärter und anderer Insassen gerückt.

Als er zurück in seine Zelle ging, dachte Luke über die Ereignisse nach. Er hatte gehandelt, teilweise aus einem Gefühl der Gerechtigkeit, teilweise, um seine Mission voranzutreiben. Die kommenden Tage würden zeigen, ob seine Entscheidung klug gewesen war. In der Welt der verdeckten Ermittlungen konnte jede Handlung weitreichende Folgen haben, und Luke wusste, dass er nun noch vorsichtiger sein musste.

In der Zwischenzeit beobachtete Niklas die Szene aus der Ferne. Er hatte gesehen, wie Luke eingegriffen hatte, und sein Respekt für den jungen Mann wuchs. Doch gleichzeitig wusste er, dass er Luke im Auge behalten musste. In der komplexen Dynamik des Gefängnislebens konnte jede Handlung eine Kette von Ereignissen auslösen, deren Ende niemand vorhersehen konnte.

Kapitel 6

Nach dem Zwischenfall im Hof, bei
dem Luke Antonio geholfen hatte,
bemerkte Luke, dass sich die Art und
Weise, wie Antonio ihn ansah, subtil
verändert hatte. Statt ihn direkt in ris-
kante kriminelle Aktivitäten zu drän-
gen, schien Antonio eine andere Ver-
wendung für Luke zu erkennen, eine,
die dessen schärferen Verstand und
Beobachtungsgabe nutzte.

Ein paar Tage später führte Antonio
Luke beiseite, während sie im Freien
arbeiteten, weit entfernt von den wach-
samen Augen der Wärter.

«Du hast einen scharfen Blick, Luke»,
begann er, seine Stimme tief und ernst.
«Ich brauche jemanden, der versteht,
wie die Dinge hier laufen, jemanden,
der mir sagen kann, wer uns unterstützt
und wer ein Risiko darstellt.»

Luke spürte, wie seine Anspannung leicht nachließ.

«Ich werde sehen, was ich tun kann», antwortete er, bemüht, sein Interesse gedämpft zu halten.

«Gut», nickte Antonio. «Halte die Augen offen. Ich möchte wissen, was im Untergrund gesprochen wird, welche Deals ausgehandelt werden. Und Luke, das bleibt unter uns.»

In der nächsten Zeit nutzte Luke diese Gelegenheit, um seine Position innerhalb der Gefängnishierarchie zu festigen, ohne direkt in offensichtlich illegale Aktivitäten verwickelt zu sein. Er begann, die sozialen Dynamiken und Machtstrukturen genauer zu beobachten, sammelte Informationen über die Stimmungen und Loyalitäten der anderen Insassen. Diese Rolle erlaubte ihm, wertvolle Einblicke zu gewinnen und gleichzeitig eine Fassade aufrechtzuerhalten, die sein wahres Motiv verbarg.

Jedes Gespräch, jeder Austausch wurde für Luke zu einer Quelle der Information. Er lernte schnell, zwischen den Zeilen zu lesen, Motivationen und mögliche Konflikte zu erkennen. Dabei war er stets darauf bedacht, sein Wissen so zu nutzen, dass es seinen Ermittlungen diente, ohne dabei seinen Auftrag oder seine Sicherheit zu gefährden.

Nachts in seiner Zelle überdachte Luke seine Tage, plante sorgfältig seine nächsten Schritte. Die Doppelrolle als Insasse und Informant war ein komplexes Spiel, das viel Fingerspitzengefühl erforderte. Jede Information, die er Antonio lieferte, musste sorgfältig abgewogen werden, um nicht das Misstrauen des Mafiabosses zu wecken.

Durch diese vorsichtige Navigation stärkte Luke nicht nur seine Position bei Antonio, sondern behielt auch wichtige Kontrolle über sein unmittelbares Umfeld. Er war sich bewusst, dass jeder Fehler nicht nur seine Mission gefährden, sondern auch sein Leben kosten könnte.

In den Tagen nach dem Vorfall im Hof bemerkte Niklas eine bemerkenswerte Veränderung in Lukes Verhalten. Sein Selbstvertrauen schien gewachsen zu sein, und er interagierte nun häufiger und offener mit anderen Insassen. Diese Entwicklung weckte Niklas' Interesse – und seine Besorgnis.

Während einer der geplanten Zeiten, in denen Insassen Zugang zur Gefängnisbibliothek hatten, beobachtete Niklas, wie Luke sich zwischen den Bücherregalen bewegte. Er schien vertieft, doch sein Blick verriet eine tiefergehende Besorgnis, die über das hinausging, was die Seiten eines Buches bieten könnten. Niklas entschied, diesen Moment für ein Gespräch zu nutzen.

«Alles in Ordnung bei dir?», fragte Niklas, als er sich Luke näherte.

Er versuchte, seine Stimme entspannt klingen zu lassen, doch seine Augen suchten instinktiv nach Anzeichen von Unruhe oder Stress.

Luke sah auf, etwas überrascht, doch schnell fand er seine Fassung wieder.

«Ja, alles bestens. Manchmal braucht man einfach ein bisschen Ruhe, nicht wahr?», antwortete er mit einem leichten Lächeln.

Niklas setzte sich neben ihn.

«Das stimmt. Es kann hier ziemlich laut werden.» Er machte eine kurze Pause, überlegte, wie weit er gehen konnte. «Ich sehe, dass du dich gut eingelebt hast. Du sprichst oft mit den anderen Insassen.»

Luke zögerte einen Moment, dann nickte er.

«Ich versuche, das Beste aus meiner Situation zu machen», sagte er vorsichtig. «Es ist hilfreich, hier drinnen ein paar Freunde zu haben.»

Niklas spürte, wie seine professionelle Pflicht und seine persönliche Neugier miteinander rangen.

«Freunde können wirklich einen Unterschied machen. Aber pass auf, nicht jeder meint es gut hier drinnen.»

«Danke, Niklas. Ich schätze deine Sorge», antwortete Luke, ein Ausdruck von Dankbarkeit in seinen Augen.

Als Niklas die Bibliothek verließ, fühlte er sich zerrissen. Luke war ein Rätsel, das er lösen wollte, aber gleichzeitig musste er seine Rolle als Wärter wahren. Seine Pflichten waren klar, doch die menschliche Verbindung, die er zu Luke aufzubauen begann, warf Fragen auf, die seine professionelle Distanz herausforderten.

Kapitel 7

Mia, die Krankenschwester des Gefängnisses, hatte ihren eigenen Satz an Herausforderungen zu bewältigen. Ihre Arbeit ging weit über die medizinische Versorgung hinaus; sie war oft die erste Anlaufstelle für Insassen, die mit den psychischen Belastungen des Gefängnislebens kämpften. An diesem Tag war sie besonders beschäftigt, da ein kürzlicher Vorfall im Gefängnis mehrere Verletzte hinterlassen hatte.

Während sie einen jungen Insassen behandelte, der bei einer Auseinandersetzung verletzt worden war, trat Niklas in die Krankenstation. Er war besorgt, da er bei der Auseinandersetzung eingegriffen hatte und sehen wollte, wie es den Betroffenen ging.

«Wie sieht es aus, Mia?», fragte Niklas, während er neben ihr stand und auf den jungen Mann blickte, der leise vor Schmerz stöhnte.

«Es ist nicht so schlimm, wie es hätte sein können», antwortete Mia, während sie die Wunde sorgfältig verband. «Aber es ist mehr als nur die physische Verletzung. Viele dieser Männer sind emotional am Ende. Sie brauchen mehr als nur Pflaster und Medizin.»

Niklas nickte, seine Miene ernst. «Ich verstehe. Es ist hart, sie so zu sehen. Manchmal fühle ich mich machtlos.»

Mia sah auf, ihre Augen trafen die seinen.

«Wir alle tun unser Bestes, Niklas. Aber es sind die kleinen Dinge, die zählen. Ein freundliches Wort, ein offenes Ohr. Es macht einen Unterschied.»

Nachdem der junge Mann versorgt war, begann Mia, Niklas über ihre Sorgen zu erzählen.

«Viele von ihnen kämpfen mit Depressionen, Angstzuständen. Es ist nicht nur die körperliche Gesundheit, die hier leidet. Ich wünschte, es gäbe mehr

Unterstützung für ihre psychische Gesundheit.»

Niklas hörte aufmerksam zu, seine Gedanken bei Luke und den anderen Insassen, die ähnliche Herausforderungen erlebten.

«Vielleicht gibt es etwas, das wir tun können. Auch wenn es klein ist, vielleicht können wir einen Unterschied machen.»

«Das hoffe ich», sagte Mia, ein leichtes Lächeln umspielte ihre Lippen, trotz der Schwere des Themas. «Manchmal ist es genau das, was sie brauchen, um durch den Tag zu kommen.»

Als Niklas die Krankenstation verließ, dachte er über Mias Worte nach. Er fühlte eine erneuerte Entschlossenheit, den Insassen zu helfen, wo er konnte, und gleichzeitig über seine eigene Rolle nachzudenken, wie er effektiver als Wärter agieren konnte, der nicht nur die Ordnung aufrechterhält, sondern auch als eine Stütze für die Insassen dient.

Nach dem aufschlussreichen Gespräch mit Mia kam Niklas eine Idee, die sowohl praktisch als auch therapeutisch wertvoll sein könnte. Er beschloss, ein Gartenprojekt im Gefängnishof zu initiieren, um den Insassen eine sinnvolle Beschäftigung zu bieten und ihnen die Möglichkeit zu geben, sich in einem positiven Rahmen zu engagieren.

Am nächsten Tag während der Hofzeit näherte sich Niklas Luke, der allein am Rand des Hofes stand und gedankenverloren das karge Umfeld betrachtete.

«Luke, ich plane, hier im Hof ein kleines Gartenprojekt zu starten», begann Niklas. «Ich denke, es könnte eine gute Gelegenheit für einige von euch sein, etwas Produktives zu tun und vielleicht sogar ein bisschen Normalität zu erleben. Würdest du mir helfen, das zu organisieren?»

Niklas hoffte, Luke durch das Projekt besser kennenzulernen. Auch wenn er nach wie vor vorsichtig sein wollte, suchte er immer wieder die Nähe des charmanten Insassen.

Luke, sichtlich interessiert, drehte sich zu Niklas um und sein Gesicht hellte sich auf.

«Das klingt wirklich gut», antwortete er mit einem ehrlichen Lächeln. «Ich kenne mich zwar nicht gut mit Gartenarbeit aus, aber ich bin bereit, zu lernen und mitzuhelfen, wo es geht.»

«Perfekt», sagte Niklas, erfreut über Lukes Begeisterung. «Ich kümmere mich um die notwendigen Genehmigungen und Materialien. Deine Aufgabe wäre es, ein Team zusammenzustellen. Vielleicht findest du ein paar Leute, die bereits Erfahrung haben oder einfach nur interessiert sind.»

Für Luke bot das Gartenprojekt nicht nur eine willkommene Abwechslung zum monotonen Gefängnisalltag, sondern auch eine strategische Gelegenheit. Es war die perfekte Plattform, um mehr über seine Mitinsassen zu erfahren und Antonio näherzukommen, indem er sorgfältig beobachtete, wer sich wie einbrachte und wie die Wärter auf das Projekt reagierten. Ganz davon abgesehen konnte er Zeit mit Niklas verbringen, worauf er sich wirklich freute.

Während der nächsten Tage half Luke nicht nur bei der Planung und Umsetzung des Gartens, sondern nutzte die Gelegenheit auch, um subtil Informationen zu sammeln. Er achtete darauf, wer sich besonders engagierte, wer Führungsqualitäten zeigte und wie die Gruppendynamik sich entwickelte. Diese Beobachtungen waren wertvoll, sowohl für seine eigene Positionierung innerhalb der Insassen als auch für seine verdeckten Ermittlungen.

Die Arbeit im Garten bot auch Momente der Ruhe und des offeneren Austauschs mit Niklas, während sie zusammen Pflanzen einsetzten und die Beete pflegten. Diese ungewöhnlich kooperative und positive Tätigkeit ermöglichte es Luke und Niklas, einander auf einer anderen, menschlicheren Ebene kennenzulernen.

Während sie in den sanft humusreichen Beeten des Gefängnisgartens arbeiteten, bot sich Luke und Niklas die seltene Gelegenheit, abseits der sonst üblichen strengen Überwachung und Routine des Gefängnisalltags, persönlichere Gespräche zu führen. Sie knieten nebeneinander, während sie sorgfältig neue Setzlinge pflanzten, gelegentlich unterbrochen durch die notwendigen Anweisungen oder Kommentare anderer in der Nähe arbeitender Insassen und Wärter.

«Weißt du, vielleicht bin ich nicht der typische Inhaftierte, den man hier erwarten würde», begann Luke zögerlich, während er eine junge Pflanze in die Erde setzte.

Er warf einen kurzen Blick auf einen vorbeigehenden Wärter, bevor er leise fortfuhr. «Ich bin wegen eines Raubüberfalls hier… aber in Wirklichkeit habe ich nur jemandem geholfen. Das sollten die harten Kerle hier jedoch vielleicht nicht unbedingt mitbekommen.»

Niklas schaute kurz auf, seine Hände voller Erde, und nickte langsam.

«Das ist ziemlich nobel von dir, in einer solchen Situation jemandem zu helfen. Es zeigt, wer du wirklich bist, Luke.» Er lächelte leicht, was Luke dazu brachte, trotz der schwierigen Umstände zu grinsen.

«Und du? Was hat dich dazu gebracht, Wärter zu werden?», fragte Luke, neugierig, während er vorsichtig Erde um eine andere Pflanze drückte.

Niklas seufzte leise, eine Spur von Melancholie in seinem Blick.

«Mein Onkel war in kriminelle Aktivitäten verwickelt… ziemlich tief sogar. Das hat mich schon früh geprägt. Ich wollte zur Polizei, um anders zu sein, um vielleicht einen Unterschied zu machen. Letztendlich bin ich Wärter geworden, was nicht genau das ist, was ich mir vorgestellt hatte, aber es ist in Ordnung.»

«Es klingt, als hättest du wirklich versucht, aus dem Schatten deiner Familie herauszutreten», bemerkte Luke, während er eine Schaufel weiterreichte.

Niklas nahm sie entgegen, ihre Finger berührten sich kurz. Er fühlte einen leichten Stromschlag und sein Magen zog sich in einem angenehmen Kribbeln zusammen.

«Ja, das habe ich. Manchmal frage ich mich, ob ich weit genug gegangen bin, aber dann erinnere ich mich daran, dass jede kleine Veränderung zählt.» Er sah Luke direkt an, Dankbarkeit für das Verständnis in seinem Blick.

Die Arbeit im Garten setzte sich fort, und während sie gemeinsam die Erde bearbeiteten, keimten auch die Samen einer tieferen Verbindung zwischen ihnen. Ihre Gespräche, gepaart mit der ruhigen Natur des Gartens, ließen sie einander in einem Licht sehen, das weit über die Mauern und Gitter hinausreichte, die sie umgaben.

Als die ersten Pflanzen zu wachsen begannen und der Garten Form annahm, fühlten sich beide Männer auf unterschiedliche Weise belohnt. Für Luke war es eine Möglichkeit, sichtbar etwas Positives zu schaffen und gleichzeitig seine verdeckten Ziele weiterzuverfolgen. Für Niklas war es ein erfüllender Beweis dafür, dass selbst kleine Veränderungen im Gefängnisalltag einen bedeutenden Unterschied im Leben der Insassen machen konnten.

Kapitel 8

Luke hatte sich in den letzten Wochen geschickt in die inneren Kreise von Antonios Netzwerk eingefädelt. Seine sorgfältig kultivierte Fassade des vertrauenswürdigen Insassen trug Früchte, und er fand sich immer häufiger in vertraulichen Gesprächen und Planungen wieder, die weit über banale Gefängnisangelegenheiten hinausgingen. Doch mit jeder Information, die er sammelte, wuchs auch das Risiko, entdeckt zu werden.

Eines Tages erhielt Luke die Erlaubnis, das Gefängnistelefon zu benutzen. Es war eine sorgfältig geplante Aktion, denn jedes Wort am Telefon konnte abgehört werden. Er wählte die Nummer, die seinem «Vater» zugeordnet war, in Wirklichkeit jedoch Kommissar Weinert erreichte, der ihn undercover ins Gefängnis geschickt hatte.

«Hallo, Papa, ich wollte nur kurz sagen, dass es mir gut geht. Ich habe hier ein paar Freunde gefunden, also musst du dir keine Sorgen machen», sagte Luke mit betonter Gelassenheit.

Dieser Satz war der vereinbarte Code, um zu signalisieren, dass er kurz davor stand, entscheidende Informationen über Antonio zu sammeln.

Am anderen Ende der Leitung antwortete Kommissar Weinert mit gespielter väterlicher Fürsorge: «Das ist schön zu hören, mein Junge. Pass nur auf dich auf und melde dich, wenn du etwas brauchst.»

Nach dem Telefonat fühlte Luke eine Mischung aus Erleichterung und Druck. Er war nun näher an Antonio herangekommen als je zuvor, und die nächsten Schritte würden entscheidend sein.

Zurück in der Gefängnisrealität suchte Luke nach Möglichkeiten, die gewonnenen Informationen sicher an seine Kontakte weiterzugeben, ohne Verdacht zu erregen. Seine Rolle als Vertrauter bot ihm zwar einen privilegierten Einblick in Antonios Pläne, setzte ihn jedoch auch einem enormen Risiko aus.

Während der nächsten Tage verfeinerte Luke seine Taktiken, sammelte weiterhin Informationen und beobachtete genau die Dynamik innerhalb der Gruppe. Jedes Fragment von Antonios Kommunikation, jede angedeutete Absicht konnte der Schlüssel sein, um den Mafiaboss und seine Pläne zu durchkreuzen.

Diese tiefere Einbindung gab Luke zwar das Gefühl, voranzukommen, doch sie brachte auch die ständige Angst mit sich, enttarnt zu werden. Jeder Tag im Gefängnis war ein Tanz auf dem Drahtseil, bei dem der kleinste Fehltritt das Ende seiner Mission bedeuten könnte.

Während Luke tiefer in die Strukturen von Antonios Netzwerk eingebunden wurde, beobachtete Niklas die Entwicklungen mit einer Mischung aus Sorge und Misstrauen. Er hatte Luke als ruhigen und überlegten Insassen kennengelernt, der sich von den üblichen Gefängnisaktivitäten fernhielt. Doch seit Kurzem sah Niklas, wie Luke zunehmend Kontakt zu einigen der einflussreichsten und gefährlichsten Insassen suchte.

Niklas war sich seiner Rolle als Wärter bewusst und wusste, dass es seine Aufgabe war, für Sicherheit und Ordnung zu sorgen. Aber die offensichtliche Veränderung in Lukes Verhalten und dessen neue Verbindungen weckten einen Verdacht, der ihn nicht mehr losließ.

Hatte er sich in Luke geirrt?

War dieser Mann, dem er auf gewisse Weise vertraut und den er in Schutz genommen hatte, in Wahrheit eine Bedrohung für das Gefängnis?

An einem Nachmittag, nachdem er Luke wieder mit Antonio und dessen engen Vertrauten hatte sprechen sehen, entschied sich Niklas, mehr über Lukes Hintergrund herauszufinden. Er nutzte seine Zugänge zu den Gefängnisakten und begann, diskret Nachforschungen anzustellen.

Die Informationen, die er fand, waren allerdings spärlich und nichtssagend. Lukes Akte war auffallend dünn – kaum mehr als die Angaben zu seiner Verurteilung und ein paar allgemeine Notizen. Es fehlten die üblichen detaillierten Berichte über Verhalten und Vorleben, die Niklas von anderen Insassen kannte.

Verwirrt und zunehmend beunruhigt, beschloss Niklas, ein Auge auf Luke zu halten. Er konnte nicht zulassen, dass seine persönlichen Gefühle seine Urteilsfähigkeit trübten. Die Sicherheit des Gefängnisses und das Wohl aller

Insassen standen auf dem Spiel. Er begann, Lukes Bewegungen genauer zu verfolgen, ohne dabei offensichtlich zu intervenieren. Jedes Gespräch, jede kleine Interaktion wurde von Niklas beobachtet, der versuchte, das Puzzle zusammenzusetzen.

Die daraus resultierende Anspannung war nicht nur für Niklas spürbar, sondern auch für Mia, die oft mit ihm über die Insassen und deren Probleme sprach. Sie bemerkte die Veränderung in Niklas' Verhalten und seine zunehmende Besessenheit, mehr über Luke herauszufinden. Eines Nachmittags, als sie zusammen Kaffee tranken, sprach sie das Thema vorsichtig an.

«Niklas, du scheinst in letzter Zeit sehr angespannt zu sein. Ist alles in Ordnung?», fragte sie, ihr Blick von echter Sorge geprägt.

Niklas zögerte, dann seufzte er.

«Ich bin mir nicht sicher. Es geht um Luke… ich frage mich, ob er wirklich der ist, der er vorgibt zu sein.»

Mia nickte, legte ihre Hand beruhigend auf seine.

«Manchmal sehen wir nur das, was wir sehen wollen. Aber denk dran, wir sind hier, um zu helfen, nicht um zu richten.»

Niklas wusste, dass Mia recht hatte.

Er musste vorsichtig sein, seine professionelle Integrität wahren und gleichzeitig wachsam bleiben. Das Gleichgewicht zu finden, war die tägliche Herausforderung eines jeden Wärters.

Während Niklas mit seinen Zweifeln und dem wachsenden Verdacht rang, setzte Luke seine Tätigkeiten innerhalb von Antonios Netzwerk fort. Die Informationen, die er sammelte, wurden zunehmend brisanter, und eines Tages stolperte er über ein Geheimnis, das das gesamte Gefängnis in Gefahr bringen könnte.

Antonio hatte ihn nach und nach in seine Pläne eingeweiht, vertraute ihm immer mehr Details an. Es war während eines scheinbar harmlosen Gesprächs im Hof, dass Antonio offenbarte, was er wirklich vorhatte: einen Aufstand zu organisieren, der in einer massiven Fluchtaktion gipfeln sollte.

Dies war der Moment, auf den Luke unbewusst gewartet hatte, aber die Tragweite der Information war erschreckend.

«Wir sind fast so weit», flüsterte Antonio, während sie abseits der üblichen Pfade des Gefängnishofs standen. «Bald wird alles bereit sein. Dies wird nicht nur ein Aufstand, es wird eine Befreiung für viele von uns.»

Luke spürte, wie sein Herz schneller schlug. Dies war eine entscheidende Information, aber auch eine, die ihn in große Gefahr brachte. Wenn Antonio auch nur den leisesten Verdacht schöpfte, dass Luke nicht vollständig auf seiner Seite stand, könnte das fatal enden.

Nach dem Gespräch zog sich Luke zurück und überlegte, wie er diese Informationen sicher an seine Kontaktperson weitergeben konnte. Jede Kommunikation aus dem Gefängnis wurde streng überwacht, und die üblichen Kanäle waren zu riskant. Er musste kreativ werden, um sicherzustellen, dass die Information die richtigen Ohren erreichte, ohne seine Deckung aufzugeben.

Am selben Abend, als er in seiner Zelle saß und über sein nächstes Vorgehen nachdachte, wurde ihm klar, dass er eine Entscheidung treffen musste. Sollte er versuchen, weitere Details zu sammeln, um den Plan vollständig zu verstehen, oder war es sicherer, sofort zu handeln? Jeder weitere Tag, den er wartete, erhöhte das Risiko einer Entdeckung.

Schließlich entschied sich Luke, noch ein paar Tage abzuwarten, um zusätzliche Informationen zu sammeln und sicherzustellen, dass die von ihm weitergegebenen Details ausreichen würden, um den Aufstand zu verhindern.

Kapitel 9

Eines Abends, als der Hof von den meisten Insassen und Wärtern verlassen war, führte Antonio Luke in eine abgelegene Ecke, um ungestört zu sein. Außer ihnen beiden war niemand mehr hier. Er muss Wärter bestochen haben, damit das möglich war.

«Du hast mir sehr geholfen, Luke. Ich sehe dich nicht nur als Teil dieses Plans, sondern auch persönlich», sagte Antonio, seine Stimme tiefer und persönlicher als üblich. Luke spürte, wie sich die Atmosphäre änderte, und sein Puls beschleunigte sich, als Antonio näher trat.

«Ich habe mehr als nur Vertrauen zu dir aufgebaut», fuhr Antonio fort, während er versuchte, Luke näher zu ziehen.

Luke versuchte, ihm auszuweichen.

Die Situation eskalierte schnell, als Antonio, nicht gewohnt, zurückgewiesen zu werden, handgreiflich wurde.

Er packte Luke am Arm und drängte ihn gegen die Mauer. «Denk nicht, dass du hier einfach so davonkommen kannst. Du gehörst mir.»

Luke versuchte, sich aus Antonios Griff zu befreien.

«Antonio, das geht zu weit», entgegnete er mit Nachdruck, die Anspannung in seiner Stimme nicht verbergend. Die körperliche Bedrohung ließ keine Zweifel offen; die Situation war ernst.

In diesem kritischen Moment trat Niklas in den Hof ein, alarmiert durch die offensichtliche Abwesenheit von Luke und die ungewöhnliche Stille. Als er die beiden in einer offensichtlich gefährlichen Konfrontation vorfand, handelte er sofort.

«Ist alles in Ordnung hier?», rief er, während er schnell auf die beiden zuging.

Antonios Griff lockerte sich kurz, und Luke nutzte die Gelegenheit, um sich zu befreien. Antonio, irritiert über die Unterbrechung, fixierte Niklas mit einem durchdringenden Blick.

«Wir klären nur einige Dinge. Nichts, worum du dich kümmern musst», knurrte er, bevor er sich ohne weiteres Wort zurückzog.

Niklas blieb bei Luke.

«Luke, wenn du Probleme hast, kannst du mir vertrauen. Es ist mein Job, dafür zu sorgen, dass hier jeder sicher ist», sagte er ernst.

Luke nickte, immer noch den Atem anhaltend von der Konfrontation.

«Danke, Niklas. Ich... ich fühle mich nicht so gut. Kannst du mich zum Krankenzimmer begleiten, bitte?»

Niklas blickte ihn besorgt an.

«Natürlich, lass uns gehen.»

Sie zogen sich schnell ins Kranken-zimmer zurück. Die schwere Tür schloss sich hinter ihnen mit einem dumpfen Geräusch, das den Raum vor der Unruhe draußen abschirmte.

Luke atmete tief durch, den Rücken gegen die kühle Wand gelehnt, und spürte, wie die Anspannung langsam aus ihm wich.

Mia sah ihn besorgt an, während sie eine Schublade mit medizinischen Versorgungsmaterialien schloss.

«Luke, du siehst aus, als könntest du ein wenig Erste Hilfe gebrauchen», bemerkte sie mit einem schwachen Lächeln, das die Schwere der Situation kaum verbarg.

«Ich bin in Ordnung», erwiderte Luke schnell, dann seufzte er. «Aber ich denke, es ist an der Zeit, dass ich euch die ganze Wahrheit erzähle.»

Niklas und Mia setzten sich zu ihm, ihre Blicke erwartungsvoll und ernst.

Luke begann zu erzählen, seine Worte sorgfältig wählend.

«Ich bin nicht nur ein gewöhnlicher Insasse. Ich wurde von der Polizei hier eingeschleust, um Informationen über

Antonio zu sammeln. Er plant einen Aufstand, um aus dem Gefängnis zu fliehen.»

Die Offenbarung traf Niklas und Mia wie ein Schlag. Mia presste ihre Lippen zusammen, während Niklas die Stirn runzelte.

«Warum hast du uns das nicht früher gesagt?», fragte Niklas, seine Stimme von einem Unterton des Verrats durchdrungen.

Luke sah ihn direkt an.

«Weil es meine Mission gefährden könnte. Aber nach dem, was heute passiert ist, denke ich nicht, dass ich noch weitere Informationen von Antonio erhalten werde. Er vertraut mir bestimmt nicht mehr wie zuvor.»

Mia stand auf, ging zu einem Schrank und holte eine Flasche Wasser.

«Was jetzt?», fragte sie, als sie zurückkam und Luke die Flasche reichte.

«Wir müssen Kommissar Weinert kontaktieren», sagte Luke, nahm einen tiefen Schluck und setzte sich aufrecht hin. «Er leitet die Operation. Wir brauchen seine Anweisungen, wie wir weiter vorgehen sollen. Direktor Fischer weiß auch Bescheid. Falls er vor Ort ist, kann er bestimmt auch helfen.»

Niklas nickte langsam, die Falten auf seiner Stirn tiefer werdend.

«Okay, Luke. Wir helfen dir gern. Sag uns, was zu tun ist.»

Er zweifelte keine Sekunde daran, dass Luke die Wahrheit sagte. Im Gegenteil, jetzt ergab das alles einen Sinn.

Luke schenkte ihm ein dankbares Lächeln, beruhigt durch die Unterstützung, die er trotz der späten Offenbarung erhielt.

Das Krankenzimmer war häufig leer und bot ihnen die notwendige Privatsphäre, um ihre nächsten Schritte zu planen.

«Wir müssen herausfinden, wie wir sicher mit Kommissar Weinert Kontakt aufnehmen können, ohne dass Antonio oder seine Leute davon Wind bekommen», begann Luke. «Jede Kommunikation könnte überwacht werden, und jetzt, da Antonio nicht mehr gut auf mich zu sprechen ist, ist das Risiko noch größer.»

Niklas, der die Gefängniskommunikation gut kannte, nickte bedächtig.

«Es gibt einige alte, kaum genutzte Kanäle, die wir vielleicht nutzen könnten. Ich muss aber erst sicherstellen, dass sie nicht überwacht werden. Wenn wir direkt zum Direktor gehen, ist es vielleicht zu auffällig. Es müssen ja irgendwelche Wärter zu Antonios Team gehören, wenn ein Aufstand geplant ist. Ohne Mitarbeiter des Gefängnisses können sie das nicht durchziehen.»

Mia sah sich um und senkte ihre Stimme.

«Was ist mit einer Rückkehr in die Zelle, Luke? Ist es sicher für dich?»

Luke schüttelte den Kopf.

«Zurück in die Zelle zu gehen wäre zu riskant. Antonio könnte versuchen, mich aus dem Weg zu räumen oder sich mit Gewalt zu nehmen, was er will, bevor irgendjemand eingreifen kann. Ich hatte Glück, dass er sich mir alleine genähert hat. Er hat so viele Anhänger, die stellen sich doch mit Vergnügen um uns herum, um das Ganze abzuschirmen.» Die Vorstellung davon, dass Antonio Erfolg haben könnte, ließ ihn erschaudern.

Niklas, der das sah, legte ihm sanft seine Hand auf den Rücken, um ihn zu beruhigen.

Luke blickte auf und sie lächelten einander an.

Da unterbrach das plötzliche Krachen von Niklas' Funkgerät ihre Überlegungen.

Niklas griff schnell danach, seine Augen weiteten sich, als er die Nachricht hörte.

«Es geht los», sagte er mit ernster Stimme. «Der Aufstand hat begonnen. Wir müssen jetzt handeln.»

Die drei tauschten besorgte Blicke aus. Die Zeit für strategische Planungen war vorbei, jetzt mussten sie schnell und entschlossen handeln, um die Situation zu kontrollieren und sich selbst zu schützen.

Ihre vorherige Diskussion über Kommunikationswege und Sicherheitsmaßnahmen rückte in den Hintergrund, als sie sich darauf vorbereiteten, direkt auf die neue, unmittelbare Bedrohung zu reagieren.

Kapitel 10

Als das Knacken von Niklas' Funkgerät die drohende Nachricht überbrachte, ergriffen Luke, Mia und Niklas hastig Maßnahmen, um sich in Sicherheit zu bringen. Niklas, der die Lage schnell einschätzte, schlug vor, sich zum Sicherheitsraum zu begeben, um Zugriff auf die Überwachungskameras zu erhalten. Doch kaum hatten sie das Krankenzimmer verlassen, wurden sie von der Realität des Ausmaßes des Aufstands eingeholt.

Die Korridore des Gefängnisses waren bereits von Chaos erfüllt. Alarme heulten, Insassen rannten durch die Gänge, und über das Funkgerät hörten sie, wie einige Wärter, die offenbar von Antonio bestochen worden waren, aktiv die Insassen unterstützten.

«Der Westflügel ist kompromittiert, wir haben Kontrolle übernommen», hörten sie eine Stimme über das Funkgerät sagen, eine Bestätigung, dass Teile des Gefängnisses bereits unter der Kontrolle der Aufständischen standen.

«Zum Sicherheitsraum zu kommen, wird zu gefährlich sein», stellte Niklas fest, als er sah, wie eine Gruppe bewaffneter Insassen einen nahen Gang sperrte. «Wir müssen einen anderen Weg finden, um uns zu schützen und gleichzeitig zu versuchen, die Situation irgendwie zu stabilisieren.»

Mia, die sichtlich besorgt war, aber dennoch entschlossen, schlug vor, sich in einen der Nebenräume zurückzuziehen, um dort ihren nächsten Schritt zu planen.

«Wir können hier nicht viel ausrichten, ohne zu wissen, was genau vor sich geht. Lasst uns zumindest versuchen, irgendwohin zu kommen, wo wir sicher sprechen können. Das Krankenzimmer wird bestimmt schnell von den Aufständischen übernommen.»

Sie fanden Zuflucht in einem leerstehenden Wartungsraum, der etwas abseits der Hauptkorridore lag. Luke, der sich der Dringlichkeit der Lage bewusst war, versuchte, das Funkgerät zu nutzen, um Verstärkung zu rufen, doch der Funkkontakt war sporadisch und unzuverlässig.

«Es ist schwer zu sagen, wer auf unserer Seite ist», murmelte er frustriert.

«Wir müssen klug handeln», sagte Niklas und blickte auf die verschlossene Tür. «Unsere Priorität muss es sein, uns und die anderen nicht kompromittierten Wärter zu schützen. Wir können von hier aus versuchen, den anderen zu helfen, indem wir über das interne Telefonnetz kommunizieren.»

Mia nickte.

«Ich werde sehen, was ich von hier aus medizinisch vorbereiten kann. Wenn es zu Verletzungen kommt, müssen wir bereit sein.»

Gefangen im Wartungsraum, umgeben von den Geräuschen des Chaos, das außerhalb der Wände wütete, machten sich Luke, Niklas und Mia auf den gefährlichen Versuch vorbereitet, den Gefängnisdirektor zu finden.

Sie hofften, dass er irgendwie die Ordnung wiederherstellen könnte, sollten sie ihn aus den Fängen der Aufständischen befreien können.

«Der Direktor könnte in seinem Büro eingeschlossen sein, oder schlimmer, sie haben ihn irgendwo isoliert», spekulierte Niklas, während er seine Taschenlampe überprüfte und sicherstellte, dass sein Schlagstock griffbereit war.

Mia nahm den kleinen Rucksack mit Verbänden und Medizin, den sie zuvor gepackt hatte.

«Ich bringe das hier mit, falls wir unterwegs Verletzte finden. Egal, was passiert, wir müssen versuchen, zu helfen.»

Luke, der sich die Karte des Gefängnisses ins Gedächtnis rief, nickte zustimmend.

«Wir sollten versuchen, über die Wartungsgänge zu gehen. Sie sind weniger wahrscheinlich überwacht oder von Insassen frequentiert.»

Sie verließen den Raum vorsichtig und bewegten sich leise durch die dunklen, verwinkelten Gänge des Gefängnisses. Über Niklas' tragbares Funkgerät hörten sie, wie die Aufständischen sich koordinierten. Es war klar, dass einige der Wärter, die mit Antonio kollaborierten, strategische Positionen innerhalb des Gefängnisses eingenommen hatten.

Als sie sich dem Direktorenbüro näherten, wurde die Luft dicker mit Rauch von einem kleinen Feuer, das in einem der nahegelegenen Gänge gelegt worden war. Niklas zog sein Tuch über Mund und Nase.

«Vorsichtig, es könnte hier gefährlich werden.»

Sie erreichten das Büro, nur um festzustellen, dass es verlassen und durchwühlt war. Keine Spur vom Direktor.

«Verdammt», flüsterte Luke. «Wir sind zu spät. Sie haben ihn schon woanders hingebracht.»

In diesem Moment hörten sie Schritte nähern. Schnell zogen sie sich in einen Nebenraum zurück und lauschten. Durch einen Spalt in der Tür beobachteten sie, wie eine Gruppe bewaffneter Insassen vorbeizog, offenbar auf der Suche nach weiteren Gefangenen oder vielleicht sogar nach ihnen.

«Was jetzt?», flüsterte Mia angstvoll.

Luke blickte zu Niklas, der nachdenklich die Lage einschätzte.

«Wir folgen ihnen. Sie führen uns vielleicht zum Direktor. Es ist ein Risiko, aber es könnte unsere einzige Chance sein, ihn zu finden und diese Situation unter Kontrolle zu bringen.»

Kapitel 11

Nachdem Luke, Niklas und Mia das verwüstete Büro des Direktors verlassen hatten, ohne eine Spur von ihm zu finden, entschieden sie sich, die Gruppe bewaffneter Insassen zu verfolgen, die sie kurz zuvor gesichtet hatten. Sie hofften, dass diese sie zum Gefängnisdirektor führen würden, der möglicherweise gefangen gehalten wurde.

Mit äußerster Vorsicht bewegten sie sich durch die dunkleren und weniger überwachten Teile des Gefängnisses, um nicht entdeckt zu werden. Sie waren natürlich immer noch dem Risiko ausgesetzt, dass jemand die Kameraüberwachung übernahm, doch sie hofften, dass das Chaos groß genug war, damit sie nicht bemerkt wurden.

Das Echo ihrer Schritte vermischte sich mit dem fernen Lärm des Aufstands, der durch die Gänge hallte.

Jedes Knacken und Rascheln ließ sie innehalten und lauschen, bereit, sich im Schatten zu verbergen oder zu fliehen, falls die Situation es erforderte. Mia, die eine kleine Taschenlampe dabei hatte, leuchtete nur sporadisch den Weg aus, um nicht ihre Position preiszugeben.

Sie folgten den Spuren und Geräuschen der Insassen bis zu einem schwer gesicherten Bereich, der durch eine massive Stahltür abgeriegelt war.

Niklas, der an der Spitze der Gruppe ging, flüsterte: «Hier müssen wir vorsichtig sein. Wenn sie den Direktor irgendwo festhalten, könnte es hier sein.»

Luke nickte zustimmend und zog vorsichtig seine improvisierte Waffe, einen robusten Schraubenschlüssel, den er in der Wartungskammer gefunden hatte.

«Lass uns versuchen, einen anderen Weg hinein zu finden. Vielleicht gibt es einen Servicetunnel oder eine andere Route, die weniger bewacht wird.»

Mit Mias Hilfe und ihrer Kenntnis der Gefängnisarchitektur fanden sie tatsächlich eine kleine Wartungstür, die nicht verriegelt war. Sie schlichen sich durch und fanden sich in einem engen, schlecht beleuchteten Gang wieder, der parallel zum Hauptkorridor verlief. Der Gang war staubig und roch nach veraltetem Metall, doch er bot ihnen die Deckung, die sie benötigten.

Als sie weitergingen, hörten sie Stimmen und das Geräusch von Menschen, die sich in einem der angrenzenden Räume aufhielten. Luke machte eine kurze Handbewegung, und sie pressten sich gegen die kalte Wand, lauschten und versuchten, jedes Wort aufzufangen.

«Wir sollten ihn hierbehalten, bis alles vorbei ist», sagte eine raue Stimme von der anderen Seite der Tür. «Der Boss sagte, er will sicherstellen, dass der

Direktor nichts unternehmen kann, um uns zu stoppen.»

Das war die Bestätigung, die sie brauchten. Sie waren am richtigen Ort.

Mit einem Blickaustausch bestätigten sie ihren Plan, die Tür zu öffnen und den Raum zu stürmen, bereit, den Direktor zu befreien und ihn aus dieser gefährlichen Lage zu retten. Luke zählte leise bis drei, dann drückten sie die Tür auf und traten ein.

Als Luke die Tür aufstieß, stürmten sie gemeinsam in den Raum. Die Wachen, die den Gefängnisdirektor bewachten, waren von der Entschlossenheit und dem überraschenden Erscheinen des Trios vollkommen überrumpelt. Niklas agierte schnell und zielstrebig, nutzte seine Fähigkeiten als Wärter, um einen der Aufständischen zu Boden zu bringen.

Sein Blick traf kurz den von Luke, ein stummes Zeichen der Anerkennung und des stillen Einverständnisses zwischen ihnen, das in der Hitze des

Augenblicks noch bedeutungsvoller wurde.

Mia, nicht weit dahinter, nutzte ihre robuste Taschenlampe, um die zweite Wache zu neutralisieren, ihre Bewegungen effizient und entschlossen. Die schnelle Reaktion und das nahtlose Zusammenspiel des Teams ließen keine Zweifel an ihrer Entschlossenheit und ihrem Mut aufkommen.

In der Zwischenzeit kümmerte sich Luke um den gefesselten Direktor. Mit schnellen, geübten Bewegungen löste er die Fesseln. «Sie sind in Sicherheit», versicherte er, während er dem Direktor aufhalf. Die Erleichterung in den Augen des Direktors spiegelte die Anspannung und die Dringlichkeit der Situation wider.

«Danke. Ich wusste, dass Hilfe kommen würde. Wir müssen die Kontrolle zurückerlangen, und zwar schnell», sagte der Direktor, seine Stimme fest, trotz des erlebten Traumas.

Sobald der Direktor frei war, organisierten sie einen geordneten Rückzug. Niklas, der die Führung übernahm, warf Luke einen weiteren Blick zu, diesmal einen von tiefer Bewunderung für Lukes Fähigkeit, unter Druck ruhig zu bleiben. Ihre Blicke teilten eine stille Botschaft des gegenseitigen Respekts und der aufkeimenden Gefühle, die selbst inmitten des Chaos nicht verborgen blieben.

Sie navigierten durch die verwinkelten Korridore des Gefängnisses, immer bedacht darauf, den Aufständischen auszuweichen.

«Wir müssen zum Sicherheitskontrollraum. Dort können wir die Zugangssysteme und Überwachungskameras kontrollieren», erklärte der Direktor, während sie zügig voranschritten.

Die Korridore hallten wider von den Geräuschen des Aufruhrs, doch ihre gemeinsame Entschlossenheit, das

Gefängnis wieder unter Kontrolle zu bringen, ließ sie unbeirrt vorangehen.

Mit dem Direktor in ihrer Mitte, beschleunigten Luke, Niklas und Mia ihr Tempo, während sie sich dem Sicherheitskontrollraum näherten. Der Lärm des Aufstands schwoll weiter an, ein bedrohliches Crescendo, das den Ernst ihrer Lage unterstrich. Der Direktor führte sie durch weniger bekannte Routen, um größere Konfrontationen zu vermeiden, doch die Spannung in der Gruppe blieb greifbar.

«Sobald wir im Kontrollraum sind, können wir die Sicherheitstüren aktivieren und den Aufständischen ihre Fluchtrouten abschneiden», erklärte der Direktor, während sie hastig um eine Ecke bogen.

Als sie sich dem Kontrollraum näherten, hörten sie Kampfgeräusche von vorne. Niklas signalisierte sofort Stopp und drückte die Gruppe an die Wand. Mit einem vorsichtigen Blick um die Ecke sah er, dass eine Gruppe aufständischer Insassen versuchte, die Tür zum Kontrollraum zu durchbrechen.

«Wir müssen sie aufhalten, bevor sie eindringen», flüsterte er.

Mia, die ihre medizinische Tasche festhielt, nickte verständnisvoll, während Luke seine Haltung festigte, den Schraubenschlüssel griffbereit. Die Entschlossenheit in seinen Augen spiegelte die Dringlichkeit ihrer Mission wider. Nach einem kurzen, bestätigenden Nicken von Niklas sprangen sie hervor, entschlossen, die Kontrolle zurückzugewinnen.

Der Zusammenstoß war heftig und unmittelbar. Niklas und Luke arbeiteten präzise zusammen, nutzten ihre Umgebung und die Überraschung zu ihrem Vorteil. Mia, obwohl weniger erfahren im Kampf, war unerschütterlich darin, ihre Begleiter zu unterstützen und nach Verletzten zu sehen, die in die Auseinandersetzung verwickelt waren.

Nach einem intensiven Schlagabtausch gelang es ihnen, die Angreifer zurückzudrängen und die Kontrolle über den Eingang des Kontrollraums zu sichern. Luke, der einen letzten prüfenden Blick auf die überwundenen Aufständischen warf, drehte sich zu Niklas. «Gut gemacht», sagte er, seine Stimme heiser vom Adrenalin. Niklas erwiderte das Lächeln, seine Wertschätzung für Lukes Fähigkeiten und seinen Mut noch mehr vertieft durch die gemeinsam durchlebten Gefahren.

Schnell verschlossen sie die Tür und sicherten den Raum, während der Direktor sich an die Konsole setzte, um die Kontrollsysteme zu aktivieren.

«Ich werde die Türen jetzt verriegeln und die Überwachungskameras überprüfen», erklärte er, während seine Finger über die Tastatur flogen.

Während der Direktor arbeitete, teilte Mia Wasserflaschen aus und überprüfte ihre medizinischen Vorräte, falls weitere Behandlungen notwendig werden sollten. Luke und Niklas sicherten die Tür, wachsam gegenüber jedem Geräusch, das andeutete, dass der Kampf möglicherweise noch nicht vorbei war.

Kapitel 12

Im Sicherheitskontrollraum arbeitete der Gefängnisdirektor fieberhaft an den Konsolen, um die Zugangssysteme des Gefängnisses wieder unter Kontrolle zu bringen. Luke und Niklas, die den Eingang sicherten, tauschten Blicke voller Entschlossenheit aus, während sie das leise Klicken der Tastatur hinter sich hörten.

«Ich habe jetzt die Haupttüren und Zugangsschleusen gesichert», verkündete der Direktor, ohne den Blick von den Monitoren zu nehmen. «Jetzt schalte ich die internen Überwachungskameras zu, damit wir sehen können, was in den anderen Teilen des Gefängnisses vor sich geht.»

Auf den Bildschirmen erschienen Bilder aus verschiedenen Korridoren und Sektoren des Gefängnisses. In einigen Bereichen war die Lage noch immer chaotisch, mit kleinen Gruppen von aufständischen Insassen, die gegen die verbliebenen Sicherheitskräfte kämpften. In anderen Teilen des Gebäudes konnten sie sehen, wie Wärter und Sicherheitspersonal langsam die Oberhand gewannen.

«Gut, das gibt uns etwas Spielraum», murmelte Niklas und wandte sich an Luke. «Wir sollten jetzt vielleicht ein Team zusammenstellen, um die Bereiche zu sichern, die noch unter Kontrolle der Aufständischen stehen.»

Luke nickte zustimmend. «Ich bin dabei. Lasst uns diejenigen Wärter zusammenholen, denen wir vertrauen können, und systematisch vorgehen. Wir dürfen jetzt keinen Moment verlieren.»

Währenddessen versorgte Mia die wenigen verletzten Sicherheitskräfte, die sich in den Kontrollraum zurückgezogen hatten. Ihre ruhige und besonnene Art half, die Gemüter zu beruhigen, während sie routinemäßig Wunden behandelte und medizinische Anweisungen gab.

Nachdem die sofortigen medizinischen Bedürfnisse gedeckt waren, schloss sich Mia Luke und Niklas an.

«Alles in Ordnung hier. Ich helfe euch jetzt bei der Koordinierung. Wo soll ich anfangen?»

«Danke, Mia. Beginnen wir damit, den Westflügel zu sichern. Das ist das kritischste Gebiet, und wenn wir das schaffen, können wir von dort aus weitermachen», erklärte Niklas und zog einen Lageplan des Gefängnisses hervor.

Gemeinsam entwickelten sie einen schnellen Aktionsplan. Luke übernahm die Leitung des Teams, das sich zum Westflügel aufmachte, während Niklas im Kontrollraum blieb, um die Operationen zu überwachen und weitere Anweisungen zu geben.

Mia bereitete einen mobilen Erste-Hilfe-Koffer vor und entschied sich, Luke zu begleiten, um im Falle weiterer Verletzungen sofort eingreifen zu können.

Mit neuer Energie und einem klaren Plan bewegte sich die Gruppe zielstrebig vorwärts. Sie waren sich bewusst, dass jeder Schritt sie näher an die Wiederherstellung der Ordnung im Gefängnis brachte und möglicherweise das Leben vieler Unschuldiger rettete. Ihre gemeinsame Entschlossenheit verband sie, und sie wussten, dass sie aufeinander zählen konnten, um diese Krise zu überstehen.

Luke und Mia, begleitet von einem sorgfältig ausgewählten Team vertrauenswürdiger Wärter, machten sich auf den Weg, um den Ostflügel des Gefängnisses zurückzuerobern. Dieser Bereich war besonders kritisch, da er zu den ersten gehörte, die von den Aufständischen eingenommen wurden.

Die Gänge waren dunkel und unheilvoll still, als sie sich vorsichtig vorwärts bewegten, jeder Schatten könnte einen Hinterhalt verbergen.

Niklas, der aus dem Kontrollraum über Funk mit ihnen in Verbindung stand, gab präzise Anweisungen und Updates basierend auf den Überwachungskameras. «Ihr habt ungefähr fünf Insassen in der Nähe des Nordausgangs. Sie scheinen bewaffnet zu sein, also seid extrem vorsichtig», warnte er, seine Stimme angespannt über das Funkgerät.

Mia, die neben Luke herging, hielt ihren medizinischen Rucksack fest, bereit, bei Bedarf einzugreifen. Ihre Anwesenheit war nicht nur als medizinische Unterstützung entscheidend, sondern sie bot auch moralische Unterstützung für das Team.

Als sie sich dem angegebenen Bereich näherten, signalisierte Luke seinem Team, in Deckung zu gehen. Mit einem koordinierten Plan, der schnelle Bewegungen und die Nutzung der Umgebung für taktische Vorteile vorsah, gelang es ihnen, die Aufständischen zu überraschen. Ein kurzer, aber intensiver Austausch folgte, wobei Luke und seine Teammitglieder ihre überlegenen Taktiken nutzten, um die Insassen zu überwältigen und zu entwaffnen.

Nachdem die Bedrohung neutralisiert war, sicherte das Team den Bereich und überprüfte jede Ecke auf weitere Gefahren. «Bereich gesichert», meldete Luke über Funk an Niklas, seine Stimme erleichtert, aber immer noch wachsam.

«Gut gemacht, Team», antwortete Niklas. «Setzt die Sicherung fort. Ich halte euch auf dem Laufenden über weitere Bewegungen.»

Während sie weiter vorrückten, um den Rest des Westflügels zu sichern, war das Team hochkonzentriert, bereit auf alles, was noch kommen mochte. Ihre erfolgreiche Zurückeroberung des ersten Bereichs stärkte ihren Mut und ihre Entschlossenheit, den Aufstand vollständig zu beenden.

Jeder Schritt, den sie machten, führte sie näher an das Ziel, die Ordnung wiederherzustellen und zu beweisen, dass sie die Lage unter Kontrolle bringen konnten.

Nachdem Luke und sein Team erfolgreich den Westflügel gesichert hatten, kehrte eine vorübergehende Ruhe ein, die ihnen einen Moment zum Durchatmen gab. Doch dieser Frieden wurde jäh unterbrochen, als Niklas über das Funkgerät mit dringenden Neuigkeiten an sie herantrat.

«Luke, wir haben ein Problem. Antonio versucht, durch einen geheimen Tunnel im Ostflügel zu fliehen. Die Überwachungskameras haben ihn und eine kleine Gruppe seiner engsten Verbündeten erfasst. Ihr müsst dort so schnell wie möglich hin.»

Ohne zu zögern, reorganisierte Luke sein Team für eine schnelle Verlegung zum Westflügel. Die Information über den Tunnel war alarmierend und ließ keinen Raum für Verzögerungen. Sie machten sich eilig auf den Weg, geleitet von Niklas' präzisen Anweisungen aus dem Kontrollraum.

Während sie durch das Gefängnis hasteten, spürte Luke die Schwere der Situation. Antonio zu stoppen, bevor er entkommen konnte, war entscheidend, nicht nur für die Sicherheit des Gefängnisses, sondern auch, um sicherzustellen, dass Gerechtigkeit herrschte.

«Wir können ihn nicht entkommen lassen», sagte Luke fest, während sie sich einem schwer bewachten Bereich näherten, der zum geheimen Ausgang führte.

Als sie den Eingang zum Tunnel erreichten, fanden sie ihn bewacht von einigen von Antonios loyalsten Anhängern. Ein heftiger Konflikt entbrannte, als Luke und sein Team versuchten, den Bereich zu stürmen. Trotz der

Erschöpfung und der Übermacht ihrer Gegner kämpften sie mit einer Mischung aus Entschlossenheit und taktischer Klugheit.

Der Kampf war intensiv und fordernd, mit beiden Seiten, die nichts unversucht ließen. Luke, der an der Spitze kämpfte, nutzte jede Gelegenheit, um seine Gegner strategisch zu überwältigen. Schließlich gelang es ihnen, Antonios letzte Verteidigungslinie zu durchbrechen und den Zugang zum Tunnel zu sichern.

Dort fanden sie Antonio, der gerade dabei war, in die dunkle Öffnung des Tunnels zu verschwinden. Mit schnellen Schritten und entschlossenem Blick stellte Luke sich ihm in den Weg, unterstützt von Mia und den anderen Teammitgliedern, die sicherstellten, dass keine Fluchtmöglichkeit mehr bestand.

«Es ist vorbei, Antonio», sagte Luke atemlos, aber fest. «Du hast keine Chance mehr zu entkommen.»

Konfrontiert mit der unmissverständlichen Entschlossenheit des Teams und dem Verlust seiner Fluchtmöglichkeit, erkannte Antonio, dass sein letzter Ausweg versperrt war. Mit gesenktem Kopf und einem resignierten Seufzer ergab er sich schließlich, seine Flucht vereitelt durch die taktische Überlegenheit und den unerschütterlichen Willen von Luke und seinem Team.

Kapitel 13

Die Spannung im Raum war greifbar. Luke stand direkt vor Antonio, sein Blick fest und durchdringend. Die Anspannung löste sich langsam, als Antonio erkannte, dass er umstellt war und keine Chance mehr auf Flucht hatte.

«Du hast das Gefängnis und viele Leben in Gefahr gebracht, Antonio», sagte Luke mit einer Strenge in der Stimme, die seine Entschlossenheit unterstrich. «Es ist Zeit, die Konsequenzen zu tragen.»

Antonio, dessen Gesichtszüge von Frustration und Niederlage gezeichnet waren, schaute zu den bewaffneten Wärtern und dann wieder zu Luke.

«Du verstehst nicht, was es bedeutet, hier drinnen zu überleben», entgegnete er müde. «Aber ja, es scheint, als hätte ich verloren.»

In diesem Moment näherten sich weitere Sicherheitskräfte, alarmiert durch Niklas, der aus dem Kontrollraum die Lage koordinierte. Sie nahmen Antonio schnell in Gewahrsam, legten ihm Handschellen an und führten ihn ab, begleitet von den missbilligenden Blicken anderer Insassen, die Zeugen des Showdowns geworden waren.

Mit Antonios Festnahme begann die Anspannung nachzulassen. Luke atmete tief durch und wandte sich an sein Team.

«Gut gemacht, alle zusammen. Das war nicht einfach, aber wir haben es geschafft, ihn zu stoppen, bevor er fliehen konnte.»

Mia, die während des Konflikts medizinische Hilfe für Verletzte geleistet hatte, trat zu Luke. «Was passiert jetzt?», fragte sie, während sie ihre medizinische Ausrüstung ordnete.

«Wir müssen sicherstellen, dass alle Bereiche des Gefängnisses gesichert sind und dass es keine weiteren Bedrohungen von Antonios Anhängern gibt», antwortete Luke. «Niklas wird uns dabei helfen, die Überwachung und Kontrollen zu verstärken.»

Niklas, der inzwischen zu ihnen gestoßen war, nickte zustimmend. «Ich werde das Sicherheitsteam anweisen, doppelte Patrouillen durchzuführen und alle Zellenblöcke gründlich zu überprüfen. Wir können jetzt kein Risiko eingehen.»

Die Gruppe machte sich dann daran, das Gefängnis systematisch zu sichern, eine Aufgabe, die durch die effiziente Koordination und die verbesserten Sicherheitsmaßnahmen erleichtert wurde.

«Wir haben heute mehr als nur das Gefängnis gesichert», sagte Luke, während er Niklas einen bedeutungsvollen Blick zuwarf. «Wir haben vielleicht auch etwas gefunden, das es wert ist, außerhalb dieser Mauern weiter zu erkunden.»

Niklas, dessen Gesicht sich in einem seltenen Lächeln aufhellte, erwiderte: «Ja, das haben wir.»

Zusammen mit dem restlichen Team setzten sie ihre Arbeit fort, erleichtert darüber, dass die unmittelbare Gefahr vorüber war, aber sich bewusst, dass die kommenden Tage entscheidend sein würden, um die Ordnung vollständig wiederherzustellen und die Wunden zu heilen, die der Aufstand hinterlassen hatte.

Nachdem die Kontrolle über das Gefängnis wiederhergestellt war, traten Luke und sein Team in eine Phase der Nachbereitung ein. Die letzten Tage hatten das gesamte Personal und die Insassen auf die Probe gestellt, und es war nun an der Zeit, die Ordnung vollständig wiederherzustellen und aus den Ereignissen zu lernen.

Luke, dessen Undercover-Mission offiziell beendet war, hatte das Gefängnis verlassen. Auf dem Revier traf er sich mit Kommissar Weinert, um seinen Bericht abzuschließen und die Erkenntnisse der Mission zu besprechen.

«Ihre Arbeit hat entscheidend dazu beigetragen, eine große Gefahr für die Sicherheit zu neutralisieren», lobte Kommissar Weinert Luke, während sie in seinem Büro saßen. «Wir werden sicherstellen, dass die Lücken, die Antonio ausnutzen konnte, geschlossen werden.»

Luke nickte, erleichtert darüber, dass die harte Arbeit Anerkennung fand, aber auch nachdenklich über die tiefen Einblicke, die er in das Leben hinter Gittern gewonnen hatte.

«Ich hoffe, dass meine Erfahrungen dazu beitragen können, das System zu verbessern», erwiderte er.

Nach dem offiziellen Teil seiner Pflichten nahm Luke sich einen Moment Zeit, um sich von Niklas zu verabschieden. Sie trafen sich außerhalb des Gefängnisgeländes, ein symbolischer Ort, der das Ende ihrer gemeinsamen Erfahrungen hinter den Mauern markierte.

«Es war eine außergewöhnliche Zeit, und ich bin froh, dass ich das mit dir durchstehen konnte», sagte Luke, seine Wertschätzung für Niklas' Unterstützung ausdrückend.

Niklas, der während der gesamten Krise an Lukes Seite gestanden hatte, fühlte eine ähnliche Verbundenheit.

«Ich auch, Luke. Es hat vieles verändert, nicht nur im Gefängnis, sondern auch was meine Sicht auf vieles angeht.»

«Lass uns irgendwo treffen, wo keine Gitter und Schlösser zwischen uns sind», schlug Niklas vor, ein Lächeln umspielte seine Lippen.

«Das klingt perfekt», stimmte Luke zu, erfreut über die Möglichkeit, ihre Beziehung in einem normalen, entspannten Umfeld weiterzuführen.

Als sie sich verabschiedeten, fühlten beide eine Mischung aus Erleichterung und Vorfreude. Sie wussten, dass die kommenden Tage und Wochen ihnen die Chance geben würden, zu erforschen, was zwischen ihnen während der intensiven Momente des Aufstands begonnen hatte. Mit einem letzten Blick auf das Gefängnis, das jetzt in ruhigerer Verfassung zurückblieb, machten sie sich auf den Weg in eine ungewisse, aber hoffnungsvolle Zukunft.

Kapitel 14

Luke und Niklas betraten die gemütliche Bar, die ein willkommener Rückzugsort vom hektischen Alltag und den Schatten ihrer jüngsten Erfahrungen im Gefängnis war. Die Atmosphäre hier war entspannt, mit sanfter Musik im Hintergrund und gedämpftem Licht, das eine intime Stimmung schuf. Sie wählten einen abgelegenen Tisch in einer Ecke, weit entfernt von den anderen Gästen, um ungestört sprechen zu können.

«Es fühlt sich gut an, einfach mal rauszukommen und all das hinter uns zu lassen, wenn auch nur für ein paar Stunden», sagte Luke, während er sich in den Sitz lehnte und die Speisekarte durchsah.

Niklas nickte zustimmend und gab seine Bestellung auf, bevor er Luke direkt ansah.

«Ja, das tut es wirklich. Nach allem, was passiert ist, ist es schön, sich in einer normalen Umgebung zu entspannen und einfach nur zu reden.»

Als ihre Getränke ankamen, stießen sie leicht mit ihren Gläsern an.

«Auf einen ruhigen Abend», sagte Niklas, und Luke erwiderte das Prost mit einem zufriedenen Lächeln.

Das Gespräch begann locker, sie sprachen über alltägliche Dinge, Filme, die sie kürzlich gesehen hatten, und Bücher, die sie lasen. Doch allmählich lenkten sie das Thema auf ihre Erfahrungen. Luke eröffnete, wie er sich während seiner Undercover-Zeit oft isoliert und unter enormem Druck gefühlt hatte.

«Es gab Momente, da war ich mir nicht sicher, ob ich durchhalten würde», gestand er offen.

Niklas hörte aufmerksam zu und teilte dann seine eigenen Herausforderungen als Wärter, die oft moralische Dilemmata und Entscheidungen mit sich brachten, die ihm nachts den Schlaf raubten.

«Es ist nicht immer einfach, die richtige Entscheidung zu treffen, besonders wenn die Linien zwischen richtig und falsch so verschwommen sind», erklärte er.

Ihr Gespräch vertiefte sich, als sie begannen, mehr über ihre Kindheit und die Wege, die sie zu ihren jetzigen Karrieren geführt hatten, zu teilen. Dieser Austausch von Geschichten schuf eine Verbindung, die über das Berufliche hinausging, und beide spürten, wie eine besondere Bindung zwischen ihnen entstand.

Als der Abend fortschritt und die Bar sich langsam leerte, fanden sich Luke und Niklas in einem Moment der Stille wieder, die nur durch den sanften Klang der Hintergrundmusik unterbrochen wurde.

In diesem ruhigen Moment, fast synchron, neigten sie sich einander zu und teilten einen zärtlichen, bedeutsamen Kuss, der ihre wachsenden Gefühle füreinander bestätigte. Es war ein Kuss, der nicht nur eine mögliche Liebe ankündigte, sondern auch das Versprechen eines neuen Anfangs.

Nach dem sanften, bedeutsamen Kuss, der zwischen ihnen getauscht wurde, lächelten Luke und Niklas sich an, ein stilles Einverständnis über die neue Dimension ihrer Beziehung erkennend. Sie nahmen ihre Gespräche wieder auf, diesmal mit einer Offenheit, die durch ihr gestärktes Vertrauen ermöglicht wurde.

Luke begann, detaillierter über seine Undercover-Arbeit zu sprechen, über die Einsamkeit und die Schwierigkeiten, sich an ein Leben außerhalb des Undercover-Daseins anzupassen.

«Es ist seltsam, manchmal fühle ich mich, als würde ich zwischen zwei Welten leben. Hier draußen fühlt es

sich manchmal so fremd an wie drinnen», gestand er, während er nachdenklich sein Glas drehte.

Niklas hörte zu, sein Blick ernst, aber
voller Empathie. «Ich kann mir nur vorstellen, wie hart das sein muss. Aber du
bist nicht mehr allein damit. Wir
können zusammen herausfinden, wie
das ‚Normal' für dich aussehen kann»,
sagte er, seine Hand ausstreckend, um
Lukes Hand zu greifen.

Der Austausch wurde persönlicher, als
Niklas von seinen frühen Jahren in der
Polizeiakademie erzählte, von den
Herausforderungen und den Zeiten, in
denen er fast aufgegeben hätte. «Es gab
diesen einen Mentor, der mir half, alles
in Perspektive zu setzen. Er lehrte mich,
dass Stärke nicht immer darin besteht,
die härteste Person im Raum zu sein,
sondern die klügste und mitfüh-
lendste.»

Luke nickte, beeindruckt von Niklas'
Tiefe.

«Das erklärt, warum du so gut bist in dem, was du tust. Du bringst nicht nur Stärke, sondern auch Verständnis und Mitgefühl ein.»

Als die Bar sich zum Schließen bereitmachte, beschlossen sie, den Abend bei Luke zu Hause fortzusetzen. Sie zahlten ihre Rechnung und verließen die Bar, Hand in Hand, die kühle Nachtluft einatmend. Das Gefühl der Nähe, das sie jetzt teilten, schien sie gegen die Welt da draußen zu isolieren, ein seltenes Gefühl der Zugehörigkeit in ihrem oft isolierten Leben.

Nachdem sie die Bar verlassen hatten, schlenderten Luke und Niklas entspannt durch die nächtlichen Straßen, genießend die Ruhe, die nur die späte Stunde bieten konnte. Die Straßenlaternen warfen sanfte Schatten auf ihren Weg, und die Stille der Nacht wurde nur gelegentlich durch das ferne Geräusch eines Autos unterbrochen.

In dieser friedvollen Atmosphäre teilten sie Gedanken über die Zukunft und was sie sich persönlich vom Leben erhofften. Luke erklärte, wie sehr er sich ein Leben wünschte, das nicht ständig von der Arbeit überschattet wurde, ein Leben, in dem er auch Raum für persönliche Beziehungen und Freuden haben könnte.

«Ich habe viel zu lange in einer Welt gelebt, die von Geheimnissen und Gefahr dominiert wird. Es ist Zeit für etwas Echtes, etwas Dauerhaftes», gestand er.

Niklas, dessen Hand immer noch die seine hielt, drückte leicht zu, ein Zeichen seiner Unterstützung.

«Ich bin dabei, Luke. Was auch immer du brauchst, um diesen Übergang zu machen, ich bin für dich da.»

Gerade als sie über Lukes Wohnung sprachen und planten, wie sie den restlichen Abend verbringen würden, änderte sich schlagartig die Atmosphäre. Aus dem Schatten trat eine

Gestalt hervor, schnell und bedrohlich. Bevor einer von ihnen richtig reagieren konnte, spürte Luke einen heftigen Stoß gegen seinen Rücken. Er stolperte nach vorne, überrascht und schmerzerfüllt und fiel zu Boden.

Niklas reagierte instinktiv, wandte sich dem Angreifer zu und stellte sich schützend über Luke. Der Angreifer, ein großer, breitschultriger Mann, zögerte einen Moment, dann lachte er höhnisch.

«Schöne Grüße von Antonio», zischte er, bevor er erneut zum Angriff ansetzte.

Niklas, geübt in Selbstverteidigung, konnte den Angreifer abwehren und überwältigen. Er drückte den Mann zu Boden, entwand ihm das Messer, hielt ihn fest, während er mit seiner freien Hand das Telefon zückte und gleichzeitig den Krankenwagen und die Polizei rief. Sein Herz raste, während er verzweifelt hoffte, dass Luke nicht allzu schwer verletzt war.

Als die Polizei eintraf, übergab Niklas den Angreifer den Beamten, sein Blick dann schnell zu Luke zurückkehrend, der blutend am Boden lag, aber bei Bewusstsein.

«Es wird alles gut, Luke. Bleib bei mir», sagte er, seine Stimme von Sorge erfüllt, während sie auf den Krankenwagen warteten.

Kapitel 15

Luke lag im Krankenhausbett, die blassen Krankenhauswände und das monotone Piepen des Monitors bildeten einen starken Kontrast zu den turbulenten Ereignissen der letzten Tage. Er war müde, die Schmerzmittel machten ihn schläfrig, aber sein Geist war unruhig, geplagt von Erinnerungen an den Angriff.

Niklas saß an seiner Seite, ein stilles, beruhigendes Vorhandensein. Er hielt ein Buch in der Hand, doch seine Augen waren häufiger auf Luke gerichtet als auf die Seiten. Die Sorge war in seinen Zügen eingraviert, jeder Seufzer von Luke zog seine volle Aufmerksamkeit auf sich.

Die Tür zum Zimmer öffnete sich leise, und Mia trat ein, ein Bündel fröhlich bunter Blumen in der einen Hand.

«Wie fühlst du dich, Luke?», fragte sie mit einem warmen Lächeln, als sie die Blumen auf das Nachttischchen stellte.

«Besser, jetzt wo ihr beide hier seid», antwortete Luke, seine Stimme schwach, aber sein Lächeln erreichte seine Augen. «Danke für die Blumen, sie bringen etwas Farbe in diesen tristen Ort.»

Mia nickte und setzte sich auf die andere Seite des Bettes. «Das gesamte Team lässt dich grüßen. Alle fragen nach dir und hoffen auf deine schnelle Genesung. Dein Einsatz während des Aufstandes hat Eindruck bei ihnen hinterlassen.»

Ihre Stimme war sanft, und es war klar, dass sie nicht nur als Krankenschwester, sondern auch als Freundin sprach.

«Sag ihnen, ich vermisse das Chaos gar nicht», scherzte Luke, was Mia und Niklas zum Lachen brachte.

«Du hast wirklich Glück gehabt, Luke», sagte Niklas, nachdem das Lachen abgeklungen war. «Es hätte viel schlimmer ausgehen können. Wir haben den Angreifer festgenommen, und er hat bereits ein Geständnis abgelegt. Er hat Informationen, die uns helfen werden, Antonios Netzwerk endgültig zu zerstören.»

Luke nickte, seine Miene wurde ernst.

«Das ist eine gute Nachricht. Es beruhigt mich zu wissen, dass wir Antonio und seine Leute nicht mehr fürchten müssen.»

«Genau», stimmte Mia zu. «Und jetzt musst du dich darauf konzentrieren, wieder gesund zu werden. Der Rest wird sich finden.»

Die drei sprachen noch eine Weile über die Entwicklungen im Fall und die nächsten Schritte in der Ermittlung. Trotz der schweren Themen fühlte sich Luke getröstet durch die Anwesenheit seiner Freunde. Ihre Unterstützung gab ihm die Kraft, sich auf seine Genesung zu konzentrieren, und die Gewissheit, dass die Gerechtigkeit ihren Lauf nehmen würde.

Während Luke sich weiterhin von seinen Verletzungen erholte, setzten die Ermittlungen gegen Antonio und sein kriminelles Netzwerk draußen ihren Lauf fort. Niklas hielt Luke über die Entwicklungen auf dem Laufenden, und an diesem Tag brachte er bedeutende Neuigkeiten mit ins Krankenhauszimmer.

«Der Angreifer hat ausgesagt», begann Niklas, während er einen Stuhl an Lukes Bett zog. «Er hat nicht nur den Auftrag von Antonio bestätigt, dich aus dem Weg zu räumen, sondern auch wertvolle Informationen über das Netzwerk geliefert, die uns bisher verborgen waren.»

Luke, obwohl noch immer sichtlich geschwächt, zeigte sich sofort interessiert.

«Was genau hat er gesagt?», fragte er, seine Augen auf Niklas gerichtet.

«Er hat detailliert beschrieben, wie Antonio seine Operationen organisiert und welche externen Verbindungen er nutzt, um seinen Einfluss zu wahren. Es geht um mehrere hochrangige Personen, die jetzt unter Beobachtung stehen.» Niklas zog ein Notizbuch hervor und blätterte zu seinen Notizen. «Es sind einige überraschende Namen darunter, Luke. Das wird große Wellen schlagen, wenn es an die Öffentlichkeit kommt. Es ist erstaunlich, dass Antonio, der so organisiert ist, ausgerechnet einen engen Vertrauten auf dich losgelassen hat.»

Luke nickte langsam, die Tragweite der Informationen erfassend.

In der Stille des Krankenhauszimmers, unterbrochen nur durch das regelmäßige Piepen des Herzmonitors, saßen Luke und Niklas zusammen, während die Sonne langsam unterging und das Zimmer in ein sanftes Abendlicht tauchte.

Niklas beobachtete, wie Luke nachdenklich aus dem Fenster blickte.

«Wie fühlst du dich mit all dem, was passiert ist?», fragte er, seine Stimme sanft, um den ruhigen Moment nicht zu stören.

Luke drehte sich zu ihm, ein nachdenklicher Ausdruck in seinen Augen. «Es ist viel zu verarbeiten. Ich bin froh, dass wir endlich Fortschritte machen, Antonio und seine Leute zur Rechenschaft zu ziehen. Aber es lässt mich auch über alles nachdenken, was wir durchgemacht haben, um hierher zu kommen.»

Niklas nickte verständnisvoll.

«Es war ein harter Weg, das steht fest. Aber denke daran, dass deine Tapferkeit und Entschlossenheit einen großen Unterschied gemacht haben. Ohne dein Engagement wären wir vielleicht nie so weit gekommen.»

Luke lächelte schwach.

«Und ich hätte es nicht ohne dich und Mia geschafft. Ihr beide wart meine Stütze in den dunkelsten Momenten.»

Er hielt inne, seine Stimme wurde weicher. «Niklas, ich…» Er zögerte, suchte nach den richtigen Worten.

«Ja?», ermutigte Niklas ihn, seine Hand ausstreckend, um Lukes zu greifen.

«Ich bin wirklich froh, dass du in meinem Leben bist.», gestand Luke. «Diese ganze Erfahrung hat mir gezeigt, wie wertvoll es ist, jemanden zu haben, auf den man sich verlassen kann.»

Niklas drückte Lukes Hand.

«Ich empfinde genauso, Luke. Was wir zusammen erlebt haben, hat eine besondere Verbindung geschaffen, die ich nicht missen möchte.»

Die Nacht im Krankenhaus verlief ruhig. Luke lag wach, nachdenklich über die Gespräche, die er mit Niklas geführt hatte. Das sanfte Summen der medizinischen Geräte bot eine beruhigende Kulisse für seine Gedanken. Trotz der physischen Schmerzen und der Müdigkeit fühlte sich Luke geistig wacher denn je, voller Hoffnung für die Zukunft, die nun vor ihm lag.

Am nächsten Morgen, als die ersten Sonnenstrahlen das Krankenzimmer erleuchteten, besuchte Mia Luke wieder. Sie kam mit einem fröhlichen Lächeln und einem frischen Blumenstrauß, um das Zimmer aufzuhellen.

«Wie geht es dir heute Morgen?», fragte sie, während sie die Blumen in eine Vase stellte.

«Besser, danke. Niklas und ich hatten gestern ein langes Gespräch. Es hat mir viel bedeutet», antwortete Luke, ein dankbares Lächeln auf seinem Gesicht.

Mia setzte sich an die Bettkante und sah Luke ermutigend an. «Er hat mir erzählt, dass ihr über viele Dinge gesprochen habt. Es ist gut zu sehen, wie ihr euch gegenseitig unterstützt.»

«Ja, es ist erstaunlich, wie diese Krise uns alle nähergebracht hat. Ich denke, es hat uns gezeigt, wie wichtig es ist, aufeinander aufzupassen und zusammenzuhalten», erwiderte Luke. «Und jetzt, da das Schlimmste vorbei ist, freue ich mich darauf, ein neues Kapitel aufzuschlagen.»

Mia nickte zustimmend.

«Das ist wunderbar zu hören. Und wie sieht dein neues Kapitel aus? Hast du schon Pläne?»

Luke dachte einen Moment nach, bevor er antwortete.

«Ich möchte weiterhin dazu beitragen, das Justizsystem zu verbessern, basierend auf dem, was ich erlebt habe. Aber ich möchte auch mehr Zeit für die Dinge und Menschen nehmen, die mir wichtig sind.»

«Das klingt nach einem ausgezeichneten Plan», sagte Mia, ihre Augen leuchteten mit Anerkennung. «Und ich bin sicher, Niklas wird an deiner Seite sein, egal was kommt.»

«Das hoffe ich», erwiderte Luke, sein Blick wanderte zum Fenster, durch das die Morgensonne strahlte. «Ich habe das Gefühl, dass alles möglich ist, wenn wir zusammenhalten.»

Der Rest des Tages verlief ruhig, mit weiteren Besuchen von Kollegen und Freunden, die Luke ihre Genesungswünsche brachten und ihre Unterstützung anboten. Jeder Besuch bestärkte Luke in seinem Entschluss, sich für positive Veränderungen einzusetzen und gleichzeitig die Beziehungen zu denen, die ihm nahestanden, zu pflegen und zu stärken.

Als der Tag zu Ende ging und das Krankenhaus wieder in die nächtliche Stille überging, fühlte Luke sich ermüdet, aber erfüllt von einem tiefen Gefühl der Zuversicht und des Optimismus. Mit Niklas und Mia an seiner Seite und einem klaren Ziel vor Augen, war er bereit, die Herausforderungen anzunehmen, die auf ihn warteten, und das Leben voll und ganz zu leben.

Während Luke im Krankenhaus weiter zu Kräften kam, verbreitete sich die

Nachricht von der endgültigen Zerschlagung von Antonios kriminellem Netzwerk schnell. Die Polizei hatte dank der Informationen des festgenommenen Angreifers bedeutende Durchbrüche erzielt, und viele von Antonios Verbündeten waren nun in Haft. Diese Entwicklungen brachten eine Welle der Erleichterung und des Optimismus, sowohl im Krankenhaus als auch darüber hinaus.

An einem klaren, sonnigen Morgen, kurz bevor Luke aus dem Krankenhaus entlassen wurde, kam Niklas zu einem besonderen Besuch. Er trat mit einem breiten Lächeln ins Zimmer, in seiner Hand hielt er eine kleine Broschüre.

«Ich habe Neuigkeiten, die unser Leben verändern könnten», verkündete er, während er sich neben Lukes Bett setzte.

«Was ist das?», fragte Luke, neugierig und etwas aufgeregt.

«Es ist ein Prospekt für ein Haus am See. Ich dachte, vielleicht könnten wir uns das mal anschauen. Ein Ort, weit weg vom Trubel der Stadt, wo wir beide ein wenig Ruhe finden und über unsere Zukunft nachdenken könnten», erklärte Niklas.

Luke war überrascht, aber die Idee gefiel ihm sofort.

«Das klingt fantastisch», sagte er, ein Lächeln breitete sich auf seinem Gesicht aus. «Ich kann mir keinen besseren Ort vorstellen, um einen neuen Anfang zu starten.»

Die beiden sprachen aufgeregt über die Möglichkeiten, die ihr neues Leben bieten könnte, frei von den Schatten der Vergangenheit und voller Hoffnung auf die Zukunft. Sie planten, das Haus so bald wie möglich zu besichtigen und, wenn alles gut ginge, ein neues Kapitel ihres Lebens dort zu beginnen.

Auch wenn sie einander noch kaum kannten, zweifelten sie nicht daran, dass das Ganze klappen würde.

Am Tag seiner Entlassung aus dem Krankenhaus waren Luke und Niklas von einer Atmosphäre der Zuversicht und des Neuanfangs umgeben. Sie verabschiedeten sich herzlich von dem medizinischen Personal und von Mia, die gekommen war, um Luke zu verabschieden.

«Pass auf dich auf, Luke. Und du auch, Niklas», sagte Mia, während sie beide umarmte. «Und vergesst nicht, mich zum Einweihungsgrillen einzuladen!»

Mit einem Lachen versprachen sie, sie nicht zu vergessen, und verließen dann das Krankenhaus, bereit für die Abenteuer, die vor ihnen lagen. Hand in Hand, mit Blicken voller Vertrauen und Liebe, traten sie in eine Welt, die nun voller Möglichkeiten war.

Epilog

Einige Jahre waren vergangen, seit Luke und Niklas das kleine Haus am See gekauft hatten. Es war ein friedlicher, sonnendurchfluteter Nachmittag, und der See glitzerte ruhig, fast so, als würde er die Ruhe und das Glück widerspiegeln, das sie gefunden hatten. Seit seinem Wechsel in den Innendienst führte Luke ein weniger gefährliches Leben, das ihm mehr Raum gab, die kleinen Freuden des Alltags zu genießen.

Das Paar hatte den Tag mit einer langen Wanderung verbracht, die Luft war erfüllt mit dem Duft des Frühlings und dem Klang ihrer Lacher. Während sie am Ufer entlanggingen, zurück zu ihrem gemeinsamen Zuhause, hielt Niklas inne und blickte auf den ruhigen See hinaus. Er hatte diesen Moment sorgfältig geplant und wusste, dass jetzt der perfekte Zeitpunkt war.

«Luke», begann er, während er sich zu ihm umdrehte und seine Hand nahm. «Diese Jahre mit dir, dieses Leben, das wir aufgebaut haben… es ist mehr, als ich mir je hätte erträumen lassen.»

Luke, dessen Herz bei Niklas' Worten schneller schlug, lächelte und drückte seine Hand.

«Für mich auch, Niklas. Ich wusste nicht, dass ich jemals so glücklich sein könnte.»

Niklas holte tief Luft, die nächsten Worte waren die wichtigsten, die er je sagen würde. Er ging vor Luke auf ein Knie und zog eine kleine Schachtel aus seiner Tasche. Als er sie öffnete, funkelte ein einfacher, aber eleganter Ring im Sonnenlicht.

«Luke, willst du mich heiraten? Willst du diesen wunderbaren Weg mit mir weitergehen, als mein Partner, mein gleichgestellter, mein alles?»

Tränen des Glücks glitzerten in Lukes Augen, als er die Bedeutung des Moments erfasste. Er nickte, unfähig, die Worte zu finden, die seine Freude und Liebe ausdrücken konnten.

«Ja, Niklas, ja, ich will. Es gibt nichts auf dieser Welt, was ich mehr möchte.»

Die beiden umarmten sich fest, ihre Herzen schlugen im Einklang, während die Sonne langsam hinter dem See unterging, ihre Silhouetten in ein warmes goldenes Licht tauchend. Dieser Moment, eingebettet in die Stille der Natur und die Tiefe ihrer Verbundenheit, war ein Versprechen einer gemeinsamen Zukunft, die ebenso strahlend und beständig sein würde wie der Ring, der nun Lukes Finger zierte.

Vincent und Karl
Letzte Mission Liebe

Kapitel 1

Vincent stieg aus dem Zug und ließ seine Augen über den kleinen, verschlafenen Bahnhof von Friedbachtal schweifen. Es war der erste warme Tag des Frühjahrs, und das Sonnenlicht tauchte die alten Backsteinbauten in ein sanftes Gold.

Doch trotz der vertrauten Schönheit der Szenerie fühlte sich Vincent fremd. Er war gerade von einem Einsatz in Mali zurückgekehrt, wo die Bundeswehr im Rahmen einer UN-Friedensmission stationiert war. Die Monate dort waren hart gewesen, geprägt von Hitze, Staub und der ständigen Anspannung eines unsicheren Friedens.

Als er seinen schweren Rucksack enger auf die Schulter zog, ließ er den Blick über die kleine Menschenmenge schweifen, die auf die Ankunft des nächsten Zuges wartete. Familien, die sich umarmten, ein paar Pendler, die hastig ihre Tickets überprüften. Niemand war hier, um ihn zu begrüßen. Seit dem Tod seiner Eltern vor einigen Jahren und der darauf folgenden Entfremdung von seinem Bruder fühlte er sich oft isoliert.

Er machte sich auf den Weg zu der kleinen Wohnung, die er vor seinem Einsatz untervermietet hatte. Die Straßen von Friedbachtal waren ihm noch immer vertraut, doch alles schien irgendwie kleiner, enger. Es war, als hätte er sich in den weiten Wüsten Malis verloren und könnte nun die Grenzen seines früheren Lebens nicht mehr richtig einordnen.

Während er die Altstadtstraße entlangging, deren Kopfsteinpflaster von der Frühlingssonne gewärmt wurde, dachte Vincent über die vergangenen Monate nach. Die Gesichter seiner Kameraden, die dumpfen Geräusche der Militärfahrzeuge, die entfernten

Detonationen – all das war jetzt tausende Kilometer entfernt, und doch spürte er es tief in sich nachhallen.

Er versuchte, die Gedanken an den Einsatz zu verdrängen und sich auf das Hier und Jetzt zu konzentrieren. Die bunten Fassaden der Häuser, die kleinen Läden mit ihren ausgefallenen Schaufensterdekorationen, die ersten Frühlingsblumen, die in den Vorgärten blühten. Doch es gelang ihm nur teilweise. Die Normalität des zivilen Lebens in Friedbachtal stand in krassem Gegensatz zu seinem Alltag in der Armee.

Als Vincent schließlich vor dem Gebäude seiner Wohnung stand, zögerte er einen Moment, bevor er den Schlüssel ins Schloss steckte. Die Wohnung würde leer sein, eine bloße Hülle, die darauf wartete, wieder mit Leben gefüllt zu werden. Wie er selbst, dachte er.

Er betrat die kühle Dunkelheit seiner Wohnung und ließ die Tür hinter sich ins Schloss fallen. Die Stille umfing ihn wie eine alte, vertraute Decke. Langsam ging er durch die Räume, öffnete Fenster, um die frische Luft hereinzulassen. Er würde sich wieder einleben müssen, das wusste er. Friedbachtal war nun wieder sein Zuhause, ob es ihm passte oder nicht.

In den nächsten Tagen stand viel auf seiner Agenda. Er musste seine Post durchsehen, einige Amtsgänge erledigen und vor allem wieder Anschluss finden. Anschluss an das Leben, das er vor Mali geführt hatte. Doch irgendwie zweifelte er, ob das überhaupt möglich war.

Vincent setzte sich an den kleinen Küchentisch und starrte aus dem Fenster. Die friedliche Szenerie draußen stand in so starkem Kontrast zu seinem Inneren, dass es fast ironisch war.

Er wusste, dass er die nächsten Schritte machen musste, aber im Moment war alles, was er tun konnte, durchzuatmen und sich dem Gefühl der Heimkehr hinzugeben.

Während Vincent sich in der Stille seiner Wohnung mit seiner Rückkehr auseinandersetzte, war Karl auf der anderen Seite von Friedbachtal in einer ganz anderen Welt gefangen. Umgeben von Plakaten, Informationsbroschüren und einer bunten Mischung aus Dekorationsmaterialien für die bevorstehende Friedenswoche, war Karl ganz in sein Element vertieft. Die Friedenswoche war das Highlight des Jahres in Friedbachtal, eine Veranstaltung, die nicht nur lokale, sondern auch nationale Bedeutung hatte. Als einer der Hauptorganisatoren trug Karl eine große Verantwortung auf seinen Schultern.

In seinem kleinen Büro im Gemeindezentrum saß Karl vor seinem Laptop, tippte E-Mails, plante Meetings und koordinierte die letzten Vorbereitungen. Der Raum um ihn herum war gefüllt mit dem leisen Summen des Druckers und gelegentlichen Anrufen von Freiwilligen oder lokalen Geschäften, die ihre Unterstützung anboten.

«Karl, hast du die Bestätigung für den Redner am Eröffnungstag?», rief Elsa durch die halbgeöffnete Tür, während sie einen Stapel Flyer in den Händen hielt.

«Ja, alles klar! Professor Maier hat zugesagt. Ich habe seine Unterlagen gerade erhalten, und alles sieht gut aus», antwortete Karl, ohne den Blick von seinem Bildschirm zu nehmen. Elsa nickte und verschwand wieder, um sich um ihre Aufgaben zu kümmern.

Karl lehnte sich zurück und rieb sich die Augen. Die Vorbereitungen liefen auf Hochtouren, und obwohl er stolz auf das war, was sie jedes Jahr erreichten, fühlte er den Druck, alles perfekt zu machen. Er wusste, wie wichtig die Friedenswoche für die Stadt und für die

vielen Menschen war, die daran teil-
nahmen. Es ging nicht nur um die Veranstaltung selbst, sondern um das, was
sie repräsentierte: Ein Zeichen der Hoffnung und des Engagements für eine
bessere, friedlichere Welt.

Plötzlich klingelte sein Telefon. Karl
griff schnell danach, bereit, das nächste
Problem zu lösen. Doch am anderen
Ende war seine Mutter, die einfach nur
hören wollte, wie es ihm ging. Karl
lächelte, dankbar für die kurze Ablenkung.

«Mir geht's gut, Mama. Nur ein bisschen gestresst, du weißt ja, wie das ist.
Aber es läuft alles nach Plan», versicherte er ihr.

«Ich bin so stolz auf dich, mein Junge.
Dein Vater wäre das auch», sagte sie
mit weicher Stimme. Karls Vater war
vor einigen Jahren verstorben, aber
seine Leidenschaft für soziale Gerechtigkeit und Frieden hatte Karl tief
geprägt.

Nach dem Telefonat starrte Karl einen Moment aus dem Fenster. Er dachte an seinen Vater, an die vielen Lektionen über Mut und Mitgefühl. Dann sammelte er sich und kehrte zu seiner Arbeit zurück. Es gab noch viel zu tun, und die Zeit drängte.

Die nächsten Tage würden eine Flut von Aktivitäten mit sich bringen: Workshops, Diskussionsrunden, Kunstausstellungen und die Eröffnungszeremonie. Karl fühlte sich manchmal überwältigt von der Vielfalt und Bedeutung der Themen, aber gleichzeitig war es genau das, was ihm Energie gab. Er war bereit, sich den Herausforderungen zu stellen und dabei zu helfen, seine Vision einer friedvollen Welt Wirklichkeit werden zu lassen.

Kapitel 2

Es war ein sonniger Nachmittag, als Vincent beschloss, einen Spaziergang durch die belebten Straßen von Friedbachtal zu machen, um den Gedanken und Erinnerungen, die ihn in seiner Wohnung umgaben, zu entfliehen. Er schlenderte ziellos durch die Gassen, beobachtete die Menschen, die entspannt in Cafés saßen oder durch die kleinen Boutiquen bummelten. Der Alltag hier war so anders als das, was er in den letzten Monaten erlebt hatte.

Unweit des zentralen Marktplatzes, wo die Vorbereitungen für die Friedenswoche in vollem Gange waren, stand Karl, der mit einem Freiwilligen über die Anordnung der Stände diskutierte. Die bunten Banner flatterten im Wind, und überall waren Menschen damit beschäftigt, ihre Beiträge zur Woche vorzubereiten.

Vincent, der sich langsam dem Trubel näherte, fühlte sich von der Atmosphäre angezogen, obwohl er normalerweise solchen Veranstaltungen fernblieb. Seine Neugier siegte, und bald fand er sich mitten im Geschehen wieder, betrachtete die Informationsstände zu verschiedenen Friedensinitiativen und hörte den Gesprächen zu, die um ihn herum geführt wurden.

«Kann ich Ihnen helfen? Sie sehen aus, als wären Sie neu hier», hörte Vincent plötzlich eine Stimme neben sich.

Er drehte sich um und sah in die aufmerksamen Augen von Karl, der ein freundliches Lächeln auf den Lippen trug.

«Oh, äh, nein, ich bin nur…», begann Vincent, unsicher, wie er erklären sollte, dass er zwar kein Fremder war, aber sich dennoch wie einer fühlte. «Ich bin gerade zurückgekommen. Aus Mali. Ich war dort beim Militär», fügte er etwas unbeholfen hinzu.

Karl nickte interessiert.

«Das muss eine intensive Erfahrung gewesen sein. Willkommen zurück in Friedbachtal. Ich bin Karl, einer der Organisatoren dieser Woche. Es geht uns darum, ein Bewusstsein für Frieden zu schaffen und zu zeigen, wie jeder Einzelne dazu beitragen kann.»

Vincent nickte, beeindruckt von Karls offensichtlicher Leidenschaft für das Thema.

«Das klingt wichtig. Ich muss zugeben, dass ich von diesen Dingen nicht viel verstehe. Im Militär bekommt man zwar auch eine Perspektive auf Frieden, aber sie ist… anders. Es geht oft mehr um Sicherheit und Stabilität durch Präsenz und manchmal Zwang, weniger um den Dialog und das Verständnis, das ihr hier fördert.»

Die beiden Männer tauschten einen langen Blick aus, in dem eine Mischung aus Respekt und vorsichtigem Abtasten lag.

Karl war fasziniert von dem Kontrast zwischen ihnen: ein Soldat, der gelernt hatte, Frieden durch Stärke zu sichern, und ein Friedensaktivist, der auf Verständigung und gemeinschaftliche Lösungen setzte. Doch beide waren getrieben von dem Wunsch, die Welt zu verstehen und vielleicht sogar zu verbessern.

«Vielleicht möchten Sie sich einige der Vorträge anhören oder an den Workshops teilnehmen. Es könnte eine interessante Erfahrung für Sie sein, die Perspektive zu wechseln», schlug Karl vor, seine Stimme warm und einladend.

Vincent überlegte einen Moment, dann nickte er.

«Vielleicht sollte ich das wirklich tun. Danke, Karl.»

Sie verabschiedeten sich mit einem Händedruck, der länger anhielt als nötig, und als Vincent weiterging, spürte er eine seltsame Mischung aus Neugier und Unbehagen.

Karl hingegen beobachtete ihn, wie er sich entfernte, und empfand eine unerwartete Bewunderung für den Mann, der so anders war als er selbst, aber doch irgendwie ähnlich.

Kapitel 3

Nach ihrer ersten Begegnung gingen Karl und Vincent jeder für sich weiter, doch die Worte des anderen hallten in ihren Köpfen nach. Während sie sich voneinander entfernten, konnten beide jedoch nicht leugnen, dass auch eine gewisse körperliche Anziehung zwischen ihnen geschwelt hatte. Vincent, immer noch in Gedanken versunken, schlenderte durch die belebten Straßen von Friedbachtal.

Die Art, wie Karl von Frieden gesprochen hatte, war nicht das Einzige, was ihn beeindruckt hatte. Er erinnerte sich an Karls ausdrucksstarke Augen, die so leidenschaftlich gefunkelt hatten, als er von seinen Idealen sprach. Es gab etwas an Karl, das Vincent unerwartet fesselte – etwas, das über ihre kurze Unterhaltung hinausging.

Gleichzeitig saß Karl wieder in seinem Büro und ließ seine Gedanken zu dem kürzlichen Treffen schweifen. Karl fand sich immer wieder dabei, wie er an Vincents markante Erscheinung dachte. Sein ernster, nachdenklicher Blick hatte etwas Geheimnisvolles, das Karl neugierig machte.

Vincent war offensichtlich durch seine Erfahrungen geprägt, aber es war eine Tiefe in ihm, die über das Militärische hinausging. Und trotz der Schwere, die Vincent mit sich trug, gab es eine unterschwellige Wärme in seinem Wesen, die Karl nicht übersehen konnte.

Während Vincent weiterging, fühlte er, wie die Last seiner Erlebnisse ihn niederdrückte, doch gleichzeitig spürte er eine seltsame Art von Hoffnung, die mit den Worten und dem Blick von Karl begonnen hatte.

Vielleicht gab es tatsächlich eine andere Art zu leben, zu lieben und zu interagieren, als er sie kannte. Die Möglichkeit, dass Karl mehr als nur ein Friedensaktivist für ihn sein könnte, begann, sich leise in seinem Bewusstsein einzunisten.

Karl, der noch immer an seinem Schreibtisch saß, war bewegt von Vincents Offenheit und spürbaren Suche nach einem Platz, an dem er sich wiederfinden könnte. Es war mehr als nur berufliches Interesse, das Karl dazu brachte, über die Friedenswoche hinaus zu denken. Er fühlte sich zu Vincent hingezogen, zu seiner komplexen Natur, und wollte mehr erfahren, ihn besser verstehen.

Beide Männer lagen später in ihren Betten, getrennt durch die Stille der Nacht, doch verbunden durch ihre unerwartete Begegnung. Die zufällige Begegnung hatte nicht nur Gedanken an Frieden und Verständnis angeregt, sondern auch das Potenzial für eine tiefere, persönliche Verbindung entfacht.

Ihre Gedanken kreisten jeweils nicht nur um die Ideale des anderen, sondern auch um die Möglichkeit einer Beziehung, die jenseits ihrer beruflichen Rollen Bestand haben könnte. In der Ruhe des Abends fühlten sich beide weniger allein, gebunden durch ein geteiltes Streben nach einem tieferen, bedeutungsvolleren Frieden und vielleicht, ganz vielleicht, nach etwas noch Persönlicherem.

Kapitel 4

Der zweite Tag der Friedenswoche war in vollem Gange, als Vincent sich widerwillig entschied, noch einmal das Gelände zu besuchen, wo die Veranstaltungen stattfanden. Er hatte den gestrigen Tag mit gemischten Gefühlen verlassen, beeindruckt von Karls Einsatz, aber auch überwältigt von der Fülle an neuen Perspektiven, die ihm fremd waren. Doch etwas zog ihn zurück, vielleicht die Hoffnung, Karl wiederzusehen und das Gespräch fortzusetzen, das in ihm nachhallte.

Als er das Zentrum erreichte, war der Platz lebendig mit Menschen, die sich von einem Stand zum anderen bewegten, diskutierten und lachten.

Vincent fühlte sich wie ein Außenseiter, doch fasziniert von der Energie, die das Fest umgab. Er schlenderte zwischen den Ständen durch, seine Augen suchten nach Karl, wobei er sich nicht sicher war, was er sagen würde, wenn er ihn fände.

Plötzlich hörte er eine vertraute Stimme.

«Vincent! Schön, dich wieder zu sehen. Wie geht es dir heute?» Karl stand ein paar Meter entfernt, ein Stapel Broschüren in der Hand, und lächelte ihn warm an.

Vincent spürte, wie eine Welle der Erleichterung durch ihn hindurchging.

«Hallo, Karl. Ich bin, ähm, ich bin zurückgekommen, weil ich mehr erfahren wollte. Deine Worte gestern haben mich zum Nachdenken gebracht.»

Karl trat näher, sein Lächeln wurde breiter.

«Das freut mich zu hören. Es gibt gleich eine Diskussionsrunde zum Thema ,Frieden durch Kunst'. Ich denke, das könnte interessant für dich sein. Möchtest du mitkommen?»

Zögernd nickte Vincent und folgte Karl zu einem kleinen, abseits gelegenen Pavillon, wo einige Stühle im Halbkreis aufgestellt waren. Sie setzten sich in die vordere Reihe, und während sie warteten, dass die Diskussion begann, nutzte Karl die Gelegenheit, das Eis zu brechen.

«Ich habe gestern viel über unser Gespräch nachgedacht», begann Karl. «Du hast eine ganz andere Welt gesehen als ich. Ich kann nur von Frieden sprechen, weil ich das Privileg hatte, nie direkt im Konflikt zu stehen. Ich schätze, dass du einen ganz anderen Blick darauf hast, was Frieden wirklich bedeutet.»

Vincent sah Karl an, beeindruckt von seiner Fähigkeit, so offen und ehrlich zu kommunizieren.

«Ja, das stimmt. Ich habe gesehen, wie zerbrechlich Frieden sein kann und wie viel Arbeit es wirklich kostet, ihn zu bewahren. Aber ich sehe auch, wie wichtig deine Arbeit hier ist. Es geht um mehr als nur um Sicherheit; es geht darum, eine Gemeinschaft zu schaffen, die auf Verständnis und Respekt basiert.»

Die Diskussionsrunde begann, und während die Sprecher ihre Ansichten über die Rolle der Kunst im Friedensprozess darlegten, fand sich Vincent immer wieder dabei, wie er Karls Reaktionen beobachtete. Es gab eine Leidenschaft und eine Tiefe in Karls Engagement, die Vincent sowohl faszinierte als auch herausforderte.

Als die Veranstaltung endete, verließen die beiden den Pavillon, und Karl fragte: «Wie fandest du die Diskussion?»

«Es war anders als alles, was ich erwartet hätte», antwortete Vincent nachdenklich. «Es hat mir gezeigt, dass es viele Wege gibt, zur Friedensförderung beizutragen, und Kunst ist definitiv einer davon, den ich bisher nicht bedacht hatte.»

Karl nickte, sichtlich erfreut über Vincents Offenheit.

«Ich bin froh, dass du offen bist, neue Perspektiven zu erkunden. Es bedeutet viel, jemanden wie dich dabei zu haben.»

Das Kompliment ließ Vincent lächeln, und zum ersten Mal seit seiner Rückkehr fühlte er sich nicht mehr ganz so verloren. In Karls Gesellschaft begann er zu ahnen, dass vielleicht auch für ihn ein Platz in dieser Welt der friedlichen Bestrebungen sein könnte.

Nach der anregenden Diskussionsrunde beschloss Vincent, Karls Einladung zu einem weiteren Workshop zu folgen. Der Workshop mit dem Titel «Brücken bauen: Dialog als Werkzeug des Friedens» versprach, Vincents wachsendes Interesse an Karls Arbeit weiter zu vertiefen. Die Energie und Offenheit, die Karl ausstrahlte, waren anziehend, doch in Vincent regte sich auch eine gewisse Skepsis – ein Gefühl, das sich aus seiner militärischen Prägung speiste.

Als sie den Raum betraten, der für den Workshop vorbereitet worden war, fühlte Vincent die Nervosität in sich aufsteigen. Er war es gewohnt, in Umgebungen zu agieren, in denen Befehle und Hierarchien dominierten, nicht Dialog und Offenheit.

Karl begann den Workshop mit einer leidenschaftlichen Erläuterung über die Bedeutung des Zuhörens und Verstehens in Konfliktgebieten – Themen, die

Vincent nur allzu gut aus seiner eigenen, jedoch sehr unterschiedlichen Perspektive kannte.

«Dialog bedeutet nicht nur, zu sprechen, sondern vor allem, zuzuhören», erklärte Karl energisch. «Es geht darum, die Perspektive des anderen zu verstehen, ohne sofort zu urteilen.»

Vincent fühlte sich herausgefordert. Während einer Übung, bei der die Teilnehmer ihre früheren Konflikterfahrungen teilen sollten, äußerte Vincent seine Ansicht, dass manche Konflikte nicht allein durch Dialog gelöst werden können.

«Manchmal», sagte er mit einer festen Stimme, die einige Blicke auf sich zog, «ist die Realität komplizierter, und gute Absichten reichen nicht aus.»

Karls Blick verhärtete sich kurz, bevor er antwortete.

«Das ist ein wichtiger Punkt, Vincent. Aber denkst du nicht, dass der Dialog zumindest der Anfang sein muss?»

Die Diskussion, die darauf folgte, war intensiv und enthüllte eine Kluft zwischen Karls idealistischer Vision von unbegrenzter Kommunikation und Vincents pragmatischerer, durch seine Erfahrungen gehärteter Sichtweise. Andere Teilnehmer schalteten sich ein, und der Workshop entwickelte sich zu einer lebhaften Debatte über die Grenzen und Möglichkeiten des Dialogs in der Friedensarbeit.

Nach dem Workshop blieb eine gewisse Spannung zwischen Karl und Vincent zurück. Während sie den Raum verließen und sich auf den Weg zu einem Café machten, um den Abend ausklingen zu lassen, war die Atmosphäre geladen. Vincent schätzte Karls Idealismus, begann jedoch zu zweifeln, ob seine Ansichten in der harten Realität, die er kannte, Bestand haben könnten.

«Ich schätze wirklich, was du hier tust, Karl», sagte Vincent schließlich, als sie ihre Getränke bekamen. «Aber ich bin nicht sicher, ob ich ganz deiner Meinung sein kann. Manchmal braucht es mehr als Worte, um Frieden zu schaffen.»

Karl nickte nachdenklich.

«Ich verstehe, was du meinst, Vincent. Lass uns weiter darüber reden. Ich glaube, wir können viel voneinander lernen.»

Die Einladung zu weiterem Dialog ließ Hoffnung aufkeimen, dass trotz ihrer unterschiedlichen Ansichten eine Brücke zwischen ihnen gebaut werden konnte.

Kapitel 5

Nach dem intensiven Workshop und dem konfliktreichen Austausch im Café beschlossen Karl und Vincent, das Gespräch bei einem Spaziergang durch die Altstadt von Friedbachtal fortzusetzen. Das Wetter war mild, und die abendliche Sonne tauchte die Straßen in ein sanftes Licht, das eine entspannende Atmosphäre schuf. Trotz der angespannten Diskussion fühlten beide eine gewisse Erleichterung, aus dem geschlossenen Raum heraus und in die frische Luft zu kommen.

Während sie nebeneinander hergingen, berührten sich gelegentlich ihre Arme, und jeder spürte die Wärme des anderen. Diese unbeabsichtigten Berührungen schienen die verbleibende Spannung langsam aufzulösen und eröffneten einen Raum für tiefere, persönlichere Gespräche.

Karl brach das Schweigen.

«Weißt du, Vincent, ich habe noch nie so direkt mit jemandem gesprochen, der aus einer so ganz anderen Welt kommt wie du. Es öffnet wirklich meine Augen… und ich schätze deine Ehrlichkeit und deine Perspektive sehr.»

Vincent sah zur Seite, überrascht und berührt von Karls Offenheit.

«Danke, Karl. Ich… ich finde es nicht immer leicht, über meine Erfahrungen zu sprechen. Im Militär lernt man, seine Gefühle ziemlich für sich zu behalten.»

Während sie durch die von alten Linden gesäumte Straße schlenderten, nutzte Karl die ruhigere Umgebung, um das Gespräch zu vertiefen.

«Erzähl mir mehr über deine Zeit im Ausland, Vincent. Was waren die größten Herausforderungen, denen du dich stellen musstest?»

Vincent zögerte einen Moment, bevor er antwortete. Die Abendsonne warf lange Schatten, und er schien nach den richtigen Worten zu suchen.

«Es gab viele schwierige Momente… aber eines der härtesten Dinge war die Konstante Ungewissheit. Man wacht jeden Tag auf und weiß nicht, was passieren wird. Und dann ist da noch der Druck, ständig stark sein zu müssen, für deine Kameraden und für dich selbst.»

Sie machten eine kurze Pause an einer Bank und setzten sich. Vincent schaute kurz auf seine Hände, bevor er fortfuhr.

«Einmal waren wir auf Patrouille, und wir gerieten in einen Hinterhalt. Es war chaotisch, laut… und inmitten all dessen verlor ich einen guten Freund. Es war schnell vorbei, aber die Bilder… die bleiben.»

Karl nickte langsam, seine Miene von Empathie gezeichnet.

«Das klingt unglaublich hart. Es tut mir leid, dass du das durchmachen musstest.»

Vincent schüttelte leicht den Kopf.

«Danke, Karl. Es ist nur... manchmal frage ich mich, ob wir wirklich einen Unterschied machen. Ob all die Opfer es wert sind. Diese Gedanken... sie lassen einen nicht los.»

«Ich kann verstehen, wie isolierend das sein muss», sagte Karl leise. «Aber hier, Vincent, musst du nicht immer stark sein. Es ist in Ordnung, diese Gefühle zu haben und sie zu teilen. Du bist nicht allein damit.»

Vincent blickte Karl an, ein Ausdruck von Dankbarkeit in seinen Augen.

«Das bedeutet mir viel. Ich habe nicht oft die Chance, darüber zu sprechen. Die meisten Menschen verstehen nicht, oder ich will sie nicht damit belasten.»

«Du belastest mich nicht», versicherte Karl ihm. «Ich bin hier, um zuzuhören. Vielleicht können wir gemeinsam Wege finden, deine Erfahrungen in etwas Positives zu verwandeln. In etwas, das dir und anderen hilft.»

Vincent nickte, sichtlich berührt von Karls Worten.

«Das würde ich gerne versuchen.»

Nach ihrem Spaziergang führte Karl Vincent zu einem kleinen, gemütlichen Restaurant am Rande der Altstadt. Es war ein Ort, der für seine ruhige Atmosphäre und exzellente lokale Küche bekannt war. Als sie sich an einen abgelegenen Tisch setzten, schien die Wärme des Raumes und das sanfte Licht der Kerzen die letzte Anspannung zwischen ihnen wegzuschmelzen.

«Ich hoffe, das Essen hier wird dir gefallen», sagte Karl, während er die Menükarten reichte. «Dieser Ort hat einige der besten Gerichte der Stadt. Es ist ein bisschen wie ein verstecktes Juwel.»

Vincent lächelte, dankbar für die Ablenkung und die Sorgfalt, die Karl in die Auswahl des Restaurants gesteckt hatte. «Es sieht großartig aus, danke, dass du mich hierher gebracht hast. Ich habe wirklich Hunger bekommen nach unserem Spaziergang und all den Gesprächen.»

Während sie ihre Bestellungen aufgaben, glitten ihre Gespräche von allgemeinen Themen zu ihren persönlicheren Visionen und Hoffnungen für die Zukunft. Karl teilte seine Träume von einer ausgedehnten Friedensarbeit, die über Friedbachtal hinausging und globale Verbindungen umfasste.

«Ich möchte Brücken bauen, die Menschen über kulturelle und geografische Grenzen hinweg verbinden», erklärte er mit leuchtenden Augen.

Vincent hörte aufmerksam zu, beeindruckt von Karls Leidenschaft und seinem Engagement. Nach einer Weile nahm er selbst das Wort.

«Ich habe lange nicht über die Zukunft nachgedacht, zumindest nicht auf eine positive Weise. Aber heute, mit dir, beginne ich zu sehen, dass es noch so viel gibt, was ich tun könnte. Vielleicht sogar im Bereich der Friedensarbeit, auf eine Art, die meine militärische Erfahrung nutzt, um zu helfen und zu heilen.»

Karl nickte zustimmend.

«Das klingt nach einer kraftvollen Möglichkeit, Vincent. Deine Erfahrungen sind wertvoll, und sie könnten eine einzigartige Perspektive in die Friedensarbeit einbringen. Ich denke, das könnte wirklich etwas bewirken.»

Als das Essen kam, ließen sie die schweren Themen beiseite und genossen die Mahlzeit. Zwischen Bissen lachten sie über leichtere Anekdoten aus ihrem Leben, und das Gespräch floss natürlich und unbeschwert. Es war, als ob sie sich schon lange kannten, und jede neue Entdeckung über den anderen schien die Verbindung, die sie fühlten, nur zu vertiefen.

Der Abend neigte sich dem Ende zu, und als sie das Restaurant verließen, lag ein Gefühl der Zufriedenheit in der Luft.

«Danke für den schönen Abend, Karl», sagte Vincent, als sie auf die Straße traten. «Ich habe das wirklich gebraucht, mehr, als ich zugeben möchte.»

Karl lächelte und legte kurz seine Hand auf Vincents Arm.

«Ich auch, Vincent. Ich freue mich auf alles, was noch kommt.»

Langsam beugte sich Vincent hinab zu Karl, der ihm erwartungsvoll in die Augen blickte. Als ihre Lippen sich berührten, entwich Karl ein leiser Seufzer.

Danach verabschiedeten sie sich, beide erfüllt von Hoffnung.

Kapitel 6

Die Podiumsdiskussion, die an jenem Tag im Zentrum der Friedenswoche stand, versprach eine lebhafte Debatte über die Rolle des Militärs in internationalen Friedensmissionen. Vincent, dessen Erfahrungen aus erster Hand stammten, war von Karl ermutigt worden, daran teilzunehmen. Sie saßen zusammen in einer der hinteren Reihen des improvisierten Auditoriums, umgeben von einer Mischung aus lokalen Bürgern, Aktivisten und einigen wenigen Militärangehörigen in Zivil.

Als die Diskussion begann, fühlte Vincent sich zunächst sicher in seiner Rolle als stiller Beobachter. Doch als die Redner auf das Podium traten und ihre Argumente vorbrachten, begann seine Sicherheit zu bröckeln.

Eine Rednerin, eine bekannte Pazifistin und Kritikerin militärischer Interventionen, sprach besonders scharf über die Schäden, die durch militärische Präsenz in Konfliktgebieten verursacht werden.

«Wir müssen erkennen, dass das Militär oft nicht als Befrieder, sondern als Besatzer wahrgenommen wird. Ihre Anwesenheit kann den Konflikt verlängern, statt ihn zu beenden», argumentierte sie mit fester Stimme.

Vincent spürte, wie diese Worte ihn trafen. Er hatte sich stets als Friedensstifter gesehen, der in chaotische Regionen geschickt wurde, um Ordnung und Sicherheit zu bringen. Die Vorstellung, dass seine Bemühungen von anderen als Teil des Problems gesehen wurden, war schwer zu verdauen.

Neben ihm bemerkte Karl Vincents angespannte Körperhaltung. Er legte vorsichtig seine Hand auf Vincents Arm, ein stilles Angebot von Unterstützung. Vincent sah kurz zu Karl, ein flüchtiges Lächeln als Dank, bevor er sich wieder dem Podium zuwandte.

Als die Diskussion für Fragen aus dem Publikum geöffnet wurde, kämpfte Vincent mit dem Impuls, sich zu verteidigen und seine Sichtweise zu erklären. Doch er hielt sich zurück, unsicher, ob seine Worte in diesem Umfeld auf Verständnis stoßen würden.

Nach der Veranstaltung zogen sich Karl und Vincent in ein ruhigeres Eck des Veranstaltungsortes zurück. Karl war der Erste, der das Schweigen brach.

«Das war ziemlich intensiv, nicht wahr? Wie fühlst du dich damit?»

Vincent seufzte tief, die Worte abwägend.

«Es ist hart, Karl. Ich verstehe ihre Punkte, wirklich. Aber es ist nicht alles so schwarz-weiß. Ich habe gesehen, wie die Präsenz des Militärs auch Gutes bewirken kann, wie sie Stabilität und Hilfe bringt.»

Karl nickte, seine Miene nachdenklich.

«Ich kann mir vorstellen, dass das schwer zu hören ist, besonders aus deiner Perspektive. Es ist wichtig, dass auch deine Stimme und deine Erfahrungen gehört werden. Vielleicht ist das eine Gelegenheit, Brücken zu bauen, zu zeigen, dass Verständnis von beiden Seiten kommen muss.»

Die beiden gingen zu Vincent nach Hause.

Kaum war die Tür geschlossen, konnten sie die Finger nicht voneinander lassen. Sie küssten einander hungrig, sehnsuchtsvoll. Schon bald versanken sie in einer innigen Umarmung auf Vincents Bett.

Diese Nacht sollte nur ihnen beiden gehören.

Der Tag begann früh für Elsa, die trotz der noch kühlen Morgenluft bereits auf den Beinen war, um die heutigen Veranstaltungen der Friedenswoche vorzubereiten. Ihre Augen waren müde und ihre Bewegungen etwas langsamer als üblich; die vergangene Nacht hatte ihr wenig Schlaf gegönnt. Nach einem heftigen Streit mit Jochen über ihre Rolle und Engagement bei der Friedenswoche fühlte sie sich zerrissen und ausgelaugt.

Karl traf Elsa, wie sie gerade dabei war, die letzten Informationsstände auf dem Marktplatz zu arrangieren. Er bemerkte sofort, dass etwas nicht stimmte.

«Guten Morgen, Elsa. Du siehst erschöpft aus. Alles in Ordnung?»

Elsa seufzte und blickte kurz zu Karl auf, dann wieder zurück zu den Broschüren in ihren Händen.

«Guten Morgen, Karl. Ja, es war eine lange Nacht. Jochen und ich hatten eine Auseinandersetzung. Er versteht einfach nicht, warum ich so viel Energie hier reinstecke. Er sieht das alles... er sieht das alles nicht so wie ich.»

Karl legte die Kiste, die er trug, ab und trat näher zu ihr.

«Das tut mir leid zu hören, Elsa. Du weißt, ich schätze deine Arbeit hier sehr. Vielleicht fühlt Jochen sich ausgeschlossen oder versteht nicht ganz, was wir hier zu erreichen versuchen. Hast du versucht, ihn einzubeziehen?»

«Ich habe es versucht», antwortete Elsa, während sie einen Stapel Flyer glättete. «Aber du kennst Jochen. Er sieht die Welt durch seine Polizistenbrille. Alles muss Ordnung und Struktur haben, und was wir hier tun, scheint für ihn zu chaotisch und idealistisch.»

Karl nickte verständnisvoll.

«Es ist schwierig, wenn die Menschen, die uns nahestehen, unsere Leidenschaften nicht teilen. Aber vielleicht findet sich noch ein Weg, ihm zu zeigen, wie wichtig das hier ist, nicht nur für uns, sondern für das Wohl aller.»

«Ich hoffe es», murmelte Elsa und richtete sich auf, einen entschlossenen Blick in den Augen. «Danke, Karl. Es bedeutet mir viel, dass du hier bist und mich unterstützt.»

«Immer», erwiderte Karl mit einem aufmunternden Lächeln. «Übrigens, ich habe gestern Vincent getroffen. Er kam zu einigen Veranstaltungen, und wir haben ein bisschen gesprochen. Er scheint wirklich bemüht zu sein, die Dinge aus einer anderen Perspektive zu sehen. Wir haben eine wundervolle Nacht miteinander verbracht.»

Elsas Müdigkeit in ihren Augen wich kurz einem interessierten Funkeln.

«Vincent? Das ist doch der Freund, von dem du mir erzählt hast? Der Soldat? Wie geht es ihm damit, bei all dem hier mitzumachen?»

«Es ist eine Herausforderung für ihn, aber ich denke, es ist gut. Es öffnet ihm die Augen, und ich glaube, es hilft ihm, einige Dinge zu verarbeiten», erklärte Karl. «Es ist gut, zu sehen, dass er sich öffnet. Er ist ein wunderbarer Mann.»

Beide lächelten sich an, gestärkt durch das gegenseitige Verständnis und den Trost, den sie sich bieten konnten. Mit neuer Energie widmeten sie sich den anstehenden Aufgaben, bereit, den Tag zu gestalten und zu meistern.

Kapitel 7

Der Abschluss der Friedenswoche sollte mit einer großen Zeremonie gefeiert werden, bei der die Gemeinde zusammenkommen und die Errungenschaften der Woche würdigen sollte. Karl und Vincent hatten sich früh eingefunden, um bei den letzten Vorbereitungen zu helfen. Sie waren beide voller Vorfreude, hatten aber auch ein bisschen Wehmut, da die intensive Woche zu Ende ging.

Während Karl die letzten Redner instruierte, bemerkte Vincent eine kleine Gruppe am Rand des Versammlungsplatzes, die sich sichtlich von den anderen abhob. Ihre Miene war nicht feierlich, sondern angespannt und missbilligend. Vincent, dessen militärisches Training ihn für solche Details sensibilisiert hatte, beobachtete die Gruppe genauer.

Plötzlich trat einer aus der Gruppe hervor und begann lautstark seine Missbilligung über die Veranstaltung und deren Botschaft zu äußern.

«Das hier ist reine Zeitverschwendung! Ihr versteht gar nichts von der realen Welt!», rief er aus, und einige seiner Begleiter stimmten in seinen Protest ein.

Die Situation eskalierte schnell, als weitere Personen sich der störenden Gruppe anschlossen. Die Atmosphäre, die bisher von Frieden und Gemeinschaftssinn geprägt war, drohte zu kippen. Karl eilte zu Vincent, um die Lage zu besprechen.

«Wir müssen etwas tun, um das hier zu beruhigen, bevor es außer Kontrolle gerät», sagte er besorgt.

Vincent nickte und trat dann, getrieben von seinem Pflichtgefühl und seiner militärischen Erfahrung, vor, um die Situation zu deeskalieren.

«Meine Damen und Herren, bitte, lassen Sie uns friedlich diskutieren», begann er mit fester Stimme, doch die Protestierenden schienen nicht gewillt, ihm zuzuhören.

In diesem Moment trat Karl neben Vincent und sprach mit ruhiger, aber bestimmter Stimme: «Wir sind hier alle zusammengekommen, um zu lernen und zu wachsen, nicht um uns zu streiten. Lasst uns eine Möglichkeit finden, unsere Differenzen zu besprechen, ohne die Feierlichkeiten zu stören.»

Seine Worte hatten eine gewisse Wirkung. Einige Zuhörer begannen zu nicken, und die Spannung ließ nach. Karl und Vincent nutzten diesen Moment, um einige der lauteren Protestierenden zu einem separaten Gespräch einzuladen, weg von der Menge.

Mit viel Fingerspitzengefühl und Geduld gelang es ihnen, die Gemüter zu beruhigen und ein offenes Gespräch zu führen. Obwohl nicht alle überzeugt waren, stimmten die meisten zu, die

Veranstaltung friedlich weiterlaufen zu lassen.

Als die Zeremonie schließlich fortgesetzt wurde, waren Karl und Vincent dankbar für die überstandene Herausforderung.

Sie hatten gemeinsam eine kritische Situation gemeistert, und ihre Fähigkeit, zusammenzuarbeiten und einander zu unterstützen, war gestärkt worden. Dieser Vorfall hatte ihnen beiden gezeigt, wie wichtig ihre Arbeit war und wie sehr sie darauf angewiesen waren, gemeinsam für den Frieden einzustehen.

Kapitel 8

Die Friedenswoche war zu Ende gegangen, und die letzten Banner wurden von den Straßen Friedbachtals entfernt. Karl und Vincent saßen in einem kleinen Café nahe dem Flussufer, wo sie die Ereignisse der vergangenen Tage reflektierten und Pläne für die Zukunft schmiedeten. Die Luft war erfüllt von einem Gefühl der Zufriedenheit über das Erreichte, doch auch eine gewisse Melancholie schwang mit, da die intensive gemeinsame Zeit nun einem ruhigeren Alltag weichen sollte.

Während sie über mögliche Projekte sprachen, die sie zusammen angehen könnten, um die Ideen der Friedenswoche weiterzutragen, trat eine unerwartete Figur in ihr Blickfeld.

Ein Mann mittleren Alters, in ziviler Kleidung, aber mit der aufrechten Haltung eines Soldaten, näherte sich ihrem Tisch. Sein Gesicht zeigte ein gezwungenes Lächeln, als er Vincent direkt ansprach.

«Vincent? Vincent Miller?», fragte der Mann mit einer Stimme, die sofort Vincents Aufmerksamkeit erregte. Vincent sah auf und sein Gesicht verlor für einen Moment jede Farbe.

«Markus? Markus Brenner? Was… was machst du hier?», stammelte Vincent, sichtlich überrascht und nicht gerade erfreut über das Wiedersehen.

Markus setzte sich ohne Einladung zu ihnen.

«Ich bin auf Geschäftsreise hier. Aber als ich hörte, dass du auch in der Stadt bist, konnte ich nicht widerstehen, dich zu suchen. Ich wollte sehen, wie es dem Helden nach all den Jahren geht.»

Sein Tonfall hatte einen sarkastischen Unterton, der Karl dazu brachte, genauer hinzuhören.

Karl, der die plötzliche Anspannung spürte, reichte Markus höflich die Hand.

«Ich bin Karl, ein Freund von Vincent. Schön, dich kennenzulernen.»

Markus' Blick auf Karl war prüfend, fast misstrauisch, als er dessen Hand ergriff.

«Ein Freund, hm?» Markus zog eine Augenbraue hoch, «Vincent hat nie viel von Freunden erzählt. Besonders nicht von solchen…» Er machte eine vage Geste, die Karl nicht ganz einordnen konnte.

Die Atmosphäre am Tisch wurde merklich kühler. Vincent, der sich bemühte, die Fassung zu wahren, versuchte das Gespräch auf neutraleres Terrain zu lenken.

«Markus war bei der Armee mit mir, wir haben einige Zeit zusammen gedient», erklärte er Karl, der sich bemühte, die Verbindung zwischen den beiden zu verstehen.

«Ja, und jetzt habe ich gehört, du verbringst deine Tage mit Friedensmärschen und was nicht alles?», fuhr Markus fort, sein Ton skeptisch und herausfordernd. «Das ist ein ziemlicher Wandel, Vincent. Ich hätte nie gedacht, dass ich dich hier in solch einer Gesellschaft finde.»

Vincent spürte, wie die alten Verteidigungswälle in ihm hochkamen. Er war bereit, sich zu erklären und zu verteidigen, doch er wusste auch, dass er vorsichtig sein musste. Markus war nicht jemand, der leicht nachgab oder Veränderungen akzeptierte. Dieses Wiedersehen, so zufällig es auch schien, versprach kompliziert zu werden.

Nachdem Markus sich mit einer Mischung aus Skepsis und kaum verhohlener Geringschätzung vorgestellt hatte, verabschiedete er sich mit der Ankündigung, dass er noch einige Tage in der Stadt sein würde und hoffte, Vincent wiederzusehen. Seine Worte ließen etwas Unerledigtes in der Luft hängen.

Nachdem Markus gegangen war, sah Karl, wie Vincent sichtlich mit sich kämpfte, seine Fassung zu bewahren.

«Vincent, wer genau ist Markus für dich? Es scheint, als gäbe es da eine Geschichte, die ich nicht kenne», sagte Karl vorsichtig, bemüht, seinen Freund nicht zu bedrängen, aber auch das Bedürfnis spürend, die Situation zu verstehen.

Vincent seufzte tief und lehnte sich zurück, sein Blick verlor sich kurz im Fluss, der ruhig vor ihnen dahinfloss.

«Markus war einst ein enger Kamerad», begann er langsam, «aber unsere Wege haben sich in mehr als einer Hinsicht getrennt. Er hat eine sehr bestimmte Sicht auf die Welt, eine, die wenig Raum für Veränderung oder Zweifel lässt. Nachdem ich die Armee verlassen hatte, haben wir den Kontakt verloren, und ehrlich gesagt, war das für mich in Ordnung so.»

Karl nickte, sein Gesichtsausdruck einer von Verständnis.

«Und jetzt taucht er wieder auf, gerade in einem Moment, wo du neue Wege gehst. Das muss hart sein.»

«Ja, es ist… kompliziert», gab Vincent zu. «Ich bin nicht mehr derselbe Mensch, der ich war, als wir zusammen gedient haben. Die Dinge, die ich hier mit dir und durch die Friedenswoche erlebt habe, haben meine Sichtweise verändert. Aber Markus… er erinnert mich an eine Zeit, die ich hinter mir lassen wollte.»

Karl legte eine Hand auf Vincents Arm, ein stummer Ausdruck der Solidarität.

«Was auch immer zwischen euch vorgefallen ist, ich bin hier für dich, Vincent. Vielleicht gibt es eine Möglichkeit, dass du und Markus einen gemeinsamen Nenner findet, oder zumindest eine Art Frieden miteinander schließt.»

Vincent lächelte schwach, dankbar für Karls Unterstützung.

«Ich hoffe es. Vielleicht ist es an der Zeit, dass wir unsere Vergangenheit endgültig klären. Ich möchte, dass er sieht, dass Veränderung möglich ist – auch für ihn.»

Einige Tage später arrangierte Karl ein Abendessen in einem lokalen Restaurant, in der Hoffnung, dass eine neutrale Umgebung eine friedlichere Atmosphäre für eine Aussprache zwischen Vincent und Markus bieten könnte. Er lud beide Männer ein, unter dem Vorwand, dass es eine gute Gelegenheit sei, alte Differenzen beizulegen und vielleicht neue Brücken zu bauen.

Als der Abend kam, trafen sich die drei Männer im Restaurant. Die Spannung war von Anfang an spürbar, besonders als Markus mit einer offensichtlichen Reserviertheit eintraf, die seine anfängliche Freundlichkeit von ihrem letzten Treffen dämpfte. Karl bemühte sich um eine lockere Konversation, um das Eis zu brechen, aber die Antworten von Markus waren kurz und oft scharf.

Nachdem das Essen bestellt war, entschied sich Vincent, das Gespräch auf die Probleme zu lenken. «Markus, ich weiß, dass unsere Vergangenheit und unsere Ansichten uns in verschiedene Richtungen geführt haben. Aber ich hoffe, wir können hier heute Abend etwas klären», begann er, seine Stimme bemüht ruhig zu halten.

Markus, der kurz zuvor noch mit einem Glas Wein beschäftigt gewesen war, setzte sein Glas ab und fixierte Vincent mit einem durchdringenden Blick.

«Vincent, ich werde nicht so tun, als ob alles in Ordnung ist. Deine neue Lebensweise, diese Friedenssache – ich verstehe nicht, wie du dich so sehr verändern konntest. Wir waren Soldaten, wir haben für Dinge gekämpft, die größer sind als wir selbst. Wie kannst du jetzt auf einmal den Krieger in dir verleugnen?»

Vincent spürte, wie erneut alte Verteidigungsmuster hochkamen, aber er atmete tief durch, bevor er antwortete.

«Es geht nicht darum, den Krieger zu verleugnen, Markus. Es geht darum, zu erkennen, dass es mehr als einen Weg gibt, Frieden und Sicherheit zu schaffen. Was wir bei der Armee getan haben, war wichtig, aber ich habe gesehen, dass es auch andere, weniger destruktive Wege gibt, um Konflikte zu lösen.»

Karl, der das Gespräch aufmerksam verfolgte, fügte hinzu: «Es ist mutig, sich neuen Perspektiven zu öffnen, Markus. Veränderung ist nicht einfach, aber sie ist oft notwendig, um weiterzuwachsen.»

Markus schüttelte den Kopf, sichtlich frustriert.

«Das klingt für mich nach Aufgabe, nicht nach Wachstum. Du gibst die harten Lektionen auf, die wir gelernt haben, Vincent.»

Das Gespräch wurde hitziger, als die drei Männer tiefer in ihre unterschiedlichen Überzeugungen eintauchten. Die Stimmen wurden lauter, und andere Gäste im Restaurant begannen, sich umzudrehen.

Schließlich atmete Vincent tief durch und sagte: «Markus, ich respektiere unsere Vergangenheit und was wir durchgemacht haben. Aber ich kann und will nicht in der Vergangenheit leben. Ich suche nach einem Weg vorwärts, der weniger Leid verursacht.»

Die Diskussion endete ohne eine klare Lösung, und die Stimmung blieb angespannt. Markus verließ das Restaurant kurz darauf, und Karl und Vincent blieben zurück, um das Geschehene zu verarbeiten.

Es war klar, dass die Kluft zwischen den alten Freunden tief war, und obwohl Vincent hoffte, Markus' Verständnis zu gewinnen, war er sich nun bewusster denn je, dass einige alte Brücken vielleicht nicht wiederaufgebaut werden könnten.

Nachdem Markus das Restaurant verlassen hatte, saßen Karl und Vincent noch einige Zeit schweigend nebeneinander. Die Luft zwischen ihnen war schwer mit den unausgesprochenen Worten und der Enttäuschung über das, was gerade geschehen war. Vincent fühlte sich erschöpft, nicht nur physisch, sondern auch emotional. Die Konfrontation mit Markus hatte alte Wunden aufgerissen, die er gedacht hatte, längst überwunden zu haben.

Karl, der spürte, wie tief die Worte von Markus Vincent getroffen hatten, brach schließlich das Schweigen.

«Vincent, es tut mir leid, dass das Gespräch so gelaufen ist. Ich hatte gehofft, dass wir vielleicht…» Seine Stimme driftete ab, unsicher, wie er seine Enttäuschung ausdrücken sollte.

Vincent schüttelte den Kopf und gab Karl ein schwaches Lächeln.

«Es ist nicht deine Schuld, Karl. Ich wusste, dass es nicht einfach werden würde. Markus hat seine eigenen Dämonen, mit denen er kämpfen muss, genau wie ich. Vielleicht war es zu viel zu hoffen, dass er verstehen könnte, warum ich mich verändert habe.»

Die beiden Männer zahlten ihre Rechnung und verließen das Restaurant, die kühle Nachtluft empfing sie wie eine Erleichterung von der angespannten Atmosphäre, die sie hinter sich ließen. Sie schlenderten langsam Hand in Hand durch die nächtlichen Straßen von Friedbachtal, jeder in seinen Gedanken versunken.

«Weißt du, Karl», begann Vincent nach einer Weile des Schweigens, «heute Abend hat mir gezeigt, dass der Weg, den ich eingeschlagen habe, der richtige für mich ist. Auch wenn es nicht immer leicht ist und manchmal bedeutet, dass man Menschen aus seiner Vergangenheit loslassen muss.»

Karl nickte, seine Augen voller Mitgefühl und Verständnis.

«Veränderung ist ein Prozess, Vincent. Und manchmal ist Teil dieses Prozesses, zu erkennen, dass nicht jeder diesen Weg mit uns gehen kann. Aber denk daran, du bist nicht allein. Du hast Freunde, du hast Menschen, die an dich glauben und die dich unterstützen.»

Vincent blickte auf, die letzten Worte von Karl trafen einen Kern in ihm. «Danke, Karl. Deine Freundschaft bedeutet mir sehr viel. Mehr, als ich ausdrücken kann.»

Kapitel 9

Die friedliche Stimmung im kleinen Café am Rande von Friedbachtal war ein scharfer Kontrast zu den turbulenten Ereignissen der vergangenen Tage. Vincent und Karl saßen an einem abgelegenen Tisch, umgeben von dem sanften Summen alltäglicher Gespräche und dem gelegentlichen Klirren von Kaffeetassen.

Sie waren hier, um zu planen und zu reflektieren, und vor allem, um die Grundsteine für Vincents neues Projekt zu legen: eine Selbsthilfegruppe für ehemalige Soldaten, die Schwierigkeiten hatten, sich wieder in das zivile Leben einzufinden.

Vincent faltete die Hände und blickte nachdenklich aus dem Fenster.

«Es fühlt sich an, als würde ich endlich etwas tun, das wirklich zählt», begann er, seine Stimme voller Entschlossenheit. «Ich möchte, dass diese Gruppe ein Ort wird, an dem wir offen sprechen können, ohne Urteile, ohne Vorbehalte. Ein Raum, in dem Verständnis und Unterstützung die Eckpfeiler sind.»

Karl, der Vincents Ausführungen aufmerksam folgte, nickte zustimmend.

«Das ist eine großartige Vision, Vincent. Und ich glaube, es gibt hier in der Gemeinde einen echten Bedarf dafür. Viele kommen zurück und wissen nicht, wohin sie gehören oder wie sie die Dinge, die sie erlebt haben, verarbeiten sollen.»

«Genau das ist es», sagte Vincent, während er einen Schluck Kaffee nahm. «Ich habe selbst am eigenen Leib erfahren, wie schwer es ist, sich wieder einzugliedern. Nach all den Jahren im Dienst fühlt man sich verloren. Und wenn dann noch Leute wie Markus auftauchen, die einem das Gefühl geben, man hätte sich irgendwie verraten…»

Seine Stimme brach kurz ab, bevor er sich wieder fing. «Es verstärkt nur das Gefühl der Isolation.»

Karl legte eine Hand auf Vincents Arm, ein stilles Zeichen der Unterstützung.

«Lass uns also damit beginnen, einige Ideen zusammenzutragen. Hast du schon darüber nachgedacht, wie die Treffen strukturiert sein sollten?»

Vincent zog ein kleines Notizbuch aus seiner Tasche.

«Ich habe einige Gedanken dazu notiert. Zunächst dachte ich an wöchentliche Treffen. Wir könnten mit einer offenen Diskussionsrunde beginnen, bei der jeder die Möglichkeit hat, zu sprechen. Dann vielleicht einige strukturierte Aktivitäten oder Vorträge, die spezifische Themen abdecken, wie Stressbewältigung, berufliche Neuorientierung oder auch familiäre Herausforderungen.»

«Das klingt sehr durchdacht», erwiderte Karl. «Und was die Räumlichkeiten angeht, könnten wir vielleicht den Gemeindesaal nutzen. Ich kenne den Pastor persönlich, und ich bin sicher, er würde uns unterstützen.»

«Das wäre ideal», stimmte Vincent zu. «Ein neutraler Ort könnte den Teilnehmern helfen, sich wohler zu fühlen. Es ist wichtig, dass sich der Raum sicher und einladend anfühlt.»

Die beiden verbrachten die nächsten Stunden damit, ihre Pläne weiter auszuarbeiten. Karl half dabei, potenzielle Redner und lokale Therapeuten zu identifizieren, die bereit wären, bei den Treffen zu sprechen oder Workshops zu leiten. Sie diskutierten auch Marketingstrategien, um sicherzustellen, dass die Informationen diejenigen erreichten, die am meisten davon profitieren könnten.

Einige Tage nach dem Treffen im Café traf sich Vincent mit Elsa, um die weiteren Schritte für seine Selbsthilfegruppe zu planen. Elsa, die schon von den

Plänen gehört hatte, war beeindruckt von Vincents Engagement und wollte aktiv zur Unterstützung beitragen. Sie trafen sich in einem kleinen Park in der Nähe des Gemeindezentrums, wo die Frühlingsblumen gerade zu blühen begannen, eine perfekte Kulisse für ein Gespräch über Neuanfänge und Wachstum.

«Ich finde es wirklich bewundernswert, was du auf die Beine stellen möchtest, Vincent», begann Elsa, während sie auf einer Bank unter einem blühenden Kirschbaum saßen. «Und ich denke, dass ein öffentliches Forum eine fantastische Möglichkeit wäre, um das Bewusstsein zu schärfen und andere zu ermutigen, sich zu öffnen.»

Vincent lächelte dankbar.

«Das bedeutet mir viel, Elsa. Ich hoffe, dass wir eine Plattform schaffen können, die nicht nur hilft, sondern auch inspiriert. Viele von uns tragen diese Lasten allein, und es ist Zeit, dass wir das ändern.»

Elsa nickte, während sie einen Notizblock herausholte.

«Ich habe bereits einige Gedanken dazu, wie wir das organisieren könnten. Wir könnten das Forum in der Stadthalle abhalten. Es gibt dort genug Platz, und es ist zentral gelegen, was sicherstellt, dass wir eine gute Teilnehmerzahl erreichen.»

«Das klingt großartig», erwiderte Vincent. «Was die Inhalte angeht, so dachte ich, wir könnten eine Mischung aus Vorträgen und interaktiven Workshops anbieten. Vielleicht könnten wir auch andere ehemalige Soldaten einladen, ihre Geschichten zu teilen. Das würde der Veranstaltung mehr Tiefe und Vielfalt verleihen.»

«Genau», sagte Elsa und machte sich einige Notizen. «Und vielleicht könnten wir auch Experten aus den Bereichen Psychologie und soziale Arbeit einbeziehen. Ihre Fachkenntnisse wären enorm wertvoll, um den Teilnehmern praktische Ratschläge und Unterstützung anzubieten.»

Die Planung nahm schnell Form an, und beide waren begeistert von den Möglichkeiten. Sie diskutierten auch, wie sie die Veranstaltung bewerben könnten, von lokalen Zeitungen bis hin zu sozialen Medien. Elsa bot an, das Design für das Werbematerial zu übernehmen, und Vincent stimmte begeistert zu.

Während sie weiterplauderten und Ideen austauschten, fühlte Vincent, wie eine Last von seinen Schultern fiel. Mit Karls Unterstützung und nun auch Elsa aktiv an seiner Seite wuchs sein Vertrauen in das Projekt und in seine Fähigkeit, tatsächlich einen Unterschied zu machen.

Kapitel 10

Während Vincent und Elsa mit Zuversicht und Energie an der Organisation des Forums arbeiteten, begann Markus, seinen eigenen, weniger sichtbaren Einfluss auszuüben. Der Neid und die zurückgehaltene Wut über Vincents neues Leben und dessen Nähe zu Karl verstärkten seine Entschlossenheit, zu intervenieren. Markus hatte lange mit seinen eigenen verborgenen Gefühlen für Vincent gekämpft, Gefühle, die er sich selbst nie eingestanden hatte, da er glaubte, dass solche Empfindungen nicht akzeptabel seien.

Sein Unbehagen wurde durch die sichtbare Verbindung zwischen Karl und Vincent nur noch verstärkt. Markus, der sich selbst eine solche Nähe niemals erlaubt hatte, sah in Vincents Glück eine Bedrohung seiner eigenen unterdrückten Wünsche.

Er begann, seine Kontakte zu nutzen, um Informationen über Vincent zu sammeln und diese geschickt zu manipulieren, um Misstrauen zu säen.

Markus kontaktierte ehemalige Kameraden und Bekannte aus Vincents Militärzeit, die bereit waren, ihm zuzuhören. Er erzählte ihnen, dass Vincent jetzt andere beeinflusste und dabei seine Vergangenheit verriet. Er deutete an, Vincent sei unehrlich in seinen Absichten und nutze seine neue Rolle aus persönlichen Interessen.

Die Gerüchte, die Markus streute, waren subtil, aber zerstörerisch. Sie malten ein Bild von Vincent, das von zweifelhaften Motiven und fragwürdigem Charakter gezeichnet war.

In der lokalen Gemeinde begannen diese Gerüchte, Früchte zu tragen. Einige ehemalige Soldaten, die ursprünglich Interesse an der Selbsthilfegruppe gezeigt hatten, zogen sich zurück.

Die Anonymität und die scheinbare Glaubwürdigkeit der «Informationen», die Markus lieferte, ließen seine Worte überzeugend wirken. Das Misstrauen wuchs, und die einst so vielversprechende Initiative schien unter einem schlechten Stern zu stehen.

Vincent und Karl saßen in einem kleinen Besprechungsraum im Gemeindezentrum und blickten auf eine Reihe leerer Stühle. Sie hatten zu einem weiteren Treffen der Selbsthilfegruppe eingeladen, doch die Resonanz, die noch vor wenigen Wochen so positiv gewesen war, hatte merklich nachgelassen. Die beiden Männer waren ratlos und enttäuscht, als die Uhr tickte und kaum jemand den Raum betrat.

«Das ist seltsam», murmelte Vincent, während er seine Notizen durchging. «Die ersten Treffen waren gut besucht, und die Rückmeldungen waren durchweg positiv. Ich verstehe nicht, was passiert ist.»

Karl, der neben ihm saß, runzelte die Stirn in nachdenklicher Besorgnis.

«Vielleicht sind es nur Zufälle? Terminkonflikte oder etwas Ähnliches? Es könnte viele harmlose Erklärungen dafür geben.»

Vincent schüttelte den Kopf, sichtlich frustriert.

«Es fühlt sich anders an, Karl. Als ob etwas im Hintergrund passiert, das wir nicht sehen. Die E-Mails und Anrufe, die ich erhalte, sind weniger geworden, und einige Leute, die sehr engagiert waren, haben sich plötzlich zurückgezogen, ohne wirkliche Erklärung.»

Karl lehnte sich zurück und dachte nach.

«Das ist beunruhigend. Aber wir sollten nicht voreilig Schlüsse ziehen. Lass uns weitermachen und sehen, wie wir die Leute wieder motivieren können. Vielleicht müssen wir unsere Strategie ändern oder noch einmal genau nachhaken, warum die Leute nicht mehr kommen.»

Vincent nickte, wenn auch nicht überzeugt.

«Du hast recht. Lass uns proaktiv sein. Wir könnten eine Umfrage unter den bisherigen Teilnehmern starten, um herauszufinden, ob es spezifische Gründe für ihre Abwesenheit gibt. Vielleicht sind es ja tatsächlich nur zeitliche Überschneidungen oder Missverständnisse.»

Die beiden beschlossen, den Abend nicht als Verlust zu sehen, sondern als Gelegenheit, mehr darüber zu lernen, wie sie ihre Zielgruppe besser erreichen und bedienen konnten. Sie verbrachten den Rest des Abends damit, einen neuen Plan zu entwickeln, einschließlich einer direkten Kommunikationskampagne, um Feedback zu sammeln und das Interesse an der Gruppe neu zu entfachen.

Während sie ihre Strategie anpassten, ahnten sie nicht, dass Markus hinter den Kulissen agierte. Seine subtilen Einflüsse und die von ihm gesäten Zweifel begannen, Wirkung zu zeigen, und er beobachtete aus der Ferne, zufrieden mit den ersten Anzeichen seines Erfolgs.

Doch für Karl und Vincent blieben seine Machenschaften verborgen, verhüllt durch den alltäglichen Trubel und die scheinbar plausiblen Erklärungen für die plötzlichen Veränderungen in der Resonanz ihrer Initiative.

Kapitel 11

In den Tagen nach dem enttäuschend schlecht besuchten Treffen arbeiteten Vincent und Karl intensiv daran, die Gründe für die plötzliche Abwendung der Teilnehmer zu verstehen. Sie starteten eine kleine Umfrage per E-Mail, riefen einige der regelmäßigen Teilnehmer direkt an und planten sogar persönliche Treffen, um direktes Feedback zu erhalten.

Die ersten Antworten waren vage und nichtssagend, was Vincent weiterhin beunruhigte. Einige Teilnehmer äußerten allgemeine Bedenken bezüglich der «aktuellen Stimmung» oder «neuen Informationen», die sie gehört hätten, gingen aber nicht ins Detail.

Vincent spürte, dass etwas unter der Oberfläche brodelte, das nicht einfach durch Zufall oder Missverständnisse erklärt werden konnte.

Entschlossen, dem Ganzen auf den Grund zu gehen, schlug Karl vor, dass sie ein offenes Forum abhalten könnten, bei dem die Teilnehmer ermutigt würden, offen über ihre Bedenken zu sprechen.

«Vielleicht, wenn sie in einer Gruppe sind, fühlen sie sich sicherer, ihre wahren Gründe zu teilen», überlegte Karl.

Vincent stimmte zu, und sie setzten das Forum für das nächste Wochenende an. Sie bewarben die Veranstaltung als eine Chance, die Zukunft der Gruppe zu gestalten und sicherzustellen, dass sie die Bedürfnisse aller Mitglieder erfüllte.

Als der Tag des Forums ankam, waren sie unsicher, wie viele Personen erscheinen würden.

Überraschenderweise war die Beteiligung groß. Es schien, als hätte die offene Einladung dazu geführt, dass sich viele der zurückgezogenen Mitglieder doch entschlossen, zu kommen und ihre Meinungen zu äußern. Als das Forum begann und die Diskussion anlief, kam schließlich die Wahrheit ans Licht.

Ein Teilnehmer, der zunächst zögerlich wirkte, sprach schließlich aus, was viele dachten: «Es sind Gerüchte im Umlauf. Über Vincent. Dass er vielleicht nicht die besten Absichten hat, dass er...» Seine Stimme verklang, als er den Blick Vincents traf.

Vincent fühlte einen Stich im Herzen, aber er blieb ruhig.

«Bitte, seid offen. Diese Gruppe basiert auf Vertrauen. Wenn ihr Bedenken habt, lasst uns sie jetzt ansprechen.»

Ein älterer Mann namens Schmidt, der sich anfangs zurückgehalten hatte, räusperte sich und stand langsam auf. Seine Hände zitterten leicht, als er zu sprechen begann.

«Ich habe gehört...», seine Stimme war leise, aber fest, «dass Vincent während seiner Zeit im Militär in einige fragwürdige Aktionen verwickelt war. Dass er Befehle erteilt hat, die... nun, die nicht ganz sauber waren.» Seine Augen suchten Vincents, als suchte er dort nach einer Bestätigung oder Verneinung.

Eine junge Frau, die bisher nur zugehört hatte, nickte und fügte hinzu: «Ja, und es gibt Gerüchte, dass Vincent hier ist, nicht weil er helfen will, sondern weil er eine neue Plattform sucht, um Einfluss zu gewinnen. Dass all dies hier», sie machte eine Geste, die den Raum und die anwesenden Personen umfasste, «nur eine Fassade ist. Ein Weg für ihn, seine Vergangenheit zu bereinigen und sich selbst in einem besseren Licht darzustellen.»

Ein weiterer Teilnehmer, ein jüngerer Mann mit ernstem Gesichtsausdruck, sprach von weiteren Gerüchten: «Ich habe gehört, dass er eigentlich von der Regierung unterstützt wird. Dass all diese Treffen Teil eines größeren Plans sind, um uns zu überwachen oder zu kontrollieren. Dass Vincent immer noch im Dienst ist, in einer Art, die wir nicht verstehen.»

Die Anschuldigungen und Spekulationen schwirrten durch den Raum wie ein wachsender Sturm. Jede neue Bemerkung schien das Fundament, das Vincent und Karl mühsam aufgebaut hatten, weiter zu untergraben.

Vincent stand auf, seine Haltung war ruhig, aber seine Augen brannten vor der Notwendigkeit, seine Integrität zu verteidigen.

«Ich verstehe, dass diese Gerüchte beunruhigend sind. Aber ich versichere euch, dass nichts davon wahr ist. Mein Dienst im Militär war ehrenhaft, und meine Absichten hier sind es auch. Ich bin zurückgekommen, weil ich glaube, dass ich meine Erfahrungen nutzen kann, um zu helfen, nicht zu schaden. Alles, was ich tue, tue ich, um dieser Gemeinschaft etwas zurückzugeben.»

Karl trat neben Vincent, seine Unterstützung zeigend.

«Wir werden diesen Gerüchten auf den Grund gehen», versprach er der Gruppe. «Es ist wichtig, dass wir alle Fakten haben, bevor wir Urteile fällen. Vincent und ich sind hier, um transparent zu sein und alle eure Fragen zu beantworten.»

Das Treffen endete mit einem Aufruf zur Vorsicht im Umgang mit unbegründeten Informationen und einem Versprechen, weiterhin offen und ehrlich miteinander zu kommunizieren. Trotz der offenen Diskussion blieben Zweifel, und Vincent wusste, dass er und Karl in den kommenden Tagen noch viel Arbeit vor sich hatten, um das Vertrauen wiederherzustellen und die Wahrheit vollständig ans Licht zu bringen.

Kapitel 12

Markus stand allein in der kühlen Dämmerung seines Wohnzimmers, die Hände tief in den Taschen seiner Jacke vergraben, den Blick starr auf die leere Straße vor seinem Fenster gerichtet. Die Nachrichten der letzten Tage hatten ihn zutiefst getroffen; trotz all seiner Bemühungen, Vincent zu diskreditieren, hatte die Selbsthilfegruppe nicht nur überlebt, sondern blühte weiter auf. Er sah, wie die Gemeinde sich um Vincent und Karl scharte, ihre Unterstützung öffentlich und enthusiastisch bekundend. Es war, als ob jeder seiner Schritte, jede seiner Manipulationen nur dazu gedient hatte, die Bindungen, die er zu zerstören versucht hatte, noch zu stärken.

Die Frustration und Wut, die sich in ihm aufgebaut hatten, erreichten einen Siedepunkt. Markus konnte nicht mehr tatenlos zusehen, wie Vincent, der Mann, den er einst als Bruder angesehen hatte und dessen Nähe er sich insgeheim immer gewünscht hatte, alles erreichte, was ihm selbst verwehrt blieb.

Die Gerechtigkeit, die er für sich selbst forderte, war in seinen Augen eine Verdrehung der Realität geworden, in der Vincent der Bösewicht war, der alles bekam, und er, Markus, der Zurückgelassene, der alles verlor.

In einer Nacht der Unruhe fasste Markus einen gefährlichen Entschluss. Wenn Worte und Gerüchte nicht ausreichten, um Vincent zu Fall zu bringen, dann vielleicht Taten. Vielleicht brauchte es eine dramatischere Demonstration, um allen zu zeigen, dass Vincent nicht der Held war, für den alle ihn hielten.

Er plante, sich dem nächsten öffentlichen Treffen anzuschließen, das Karl und Vincent organisiert hatten, um die jüngsten Gerüchte zu adressieren und die Ziele ihrer Mission zu verdeutlichen. Markus wusste, dass dies seine letzte Chance sein könnte, etwas zu bewirken.

Am Tag des Treffens betrat Markus das Gemeindezentrum, seine Schritte fest und entschlossen, sein Herz pochend vor Adrenalin. Die Halle war gefüllt mit Menschen, die gekommen waren, um zu hören, was Vincent und Karl zu sagen hatten. Markus scannte den Raum, sein Blick fiel auf die beiden Männer, die vorne standen, umgeben von Anhängern und Bewunderern.

Als die Präsentation begann und Karl die ersten Worte sprach, fühlte Markus, wie die Wut in ihm aufkochte. Jedes Wort, das Karl aussprach, jede Geste, die Vincent machte, schien Markus in seiner Überzeugung zu bestärken, dass dies nicht ungestraft bleiben durfte. Er bewegte sich langsam durch die Menge, seine Augen fest auf sein Ziel gerichtet, unbemerkt von den anderen, die zu sehr damit beschäftigt waren, den Worten von Karl und Vincent zu lauschen.

Markus' Plan war einfach und doch verzweifelt. Er würde Konfrontation suchen, die Wahrheit so darstellen, wie er sie sah, und wenn nötig, zu drastischeren Maßnahmen greifen. Er wusste, dass dies zu einem Bruch führen könnte, einer unumkehrbaren Veränderung, aber in seinem verwirrten Geist war das ein notwendiges Übel. Heute Abend würde alles enden,

Kapitel 13

Das Gemeindezentrum summte vor gespannter Erwartung, als Karl und Vincent ihre Präsentation über die Ziele und den positiven Einfluss ihrer Selbsthilfegruppe fortsetzten. Die Raumluft war erfüllt von einem Gemisch aus Neugier und Hoffnung, da viele Teilnehmer gekommen waren, um Unterstützung zu finden und ihre eigenen Geschichten zu teilen.

Während Karl über die zukünftigen Pläne sprach und Vincent gelegentlich ergänzte, sah man viele nickende Köpfe und hörte zustimmendes Gemurmel.

Inmitten dieser positiven Atmosphäre bewegte sich Markus unauffällig näher an das Podium heran, sein Blick fest auf Vincent gerichtet, der gerade mit einem Teilnehmer sprach. Sein Herz schlug heftig gegen die Brustwand, sein Geist war gefüllt mit einem brennenden

Gefühl der Ungerechtigkeit und des Verrats. Markus hatte genug von dem, was er als Scheinheiligkeit empfand.

Heute Nacht würde er die Maske fallen lassen, die Vincent, seiner Meinung nach, vor der Welt verbarg.

Als ein passender Moment kam, in dem die Aufmerksamkeit des Publikums kurz nachließ, trat Markus vor, seine Stimme laut und durchdringend: «Genug von diesem Unsinn!

Seine Worte hallten durch den Raum und rissen alle Anwesenden aus ihren Gesprächen. Augenblicklich wurde es still, alle Blicke richteten sich auf ihn.

Karl, überrascht und besorgt, trat vor, um die Situation zu beruhigen.

«Markus, bitte, wenn du Bedenken hast, können wir darüber sprechen, aber dies ist weder der Zeitpunkt noch der Ort.»

Doch Markus ließ sich nicht abweisen.

«Nein, Karl! Jeder hier sollte wissen, wer der wahre Vincent ist. Ein Mann, der uns alle täuscht, der seine Vergangenheit verbirgt und uns glauben macht, er wäre unser Retter!»

Seine Stimme war schneidend, jede Silbe betont mit bitterer Emotion.

Vincent, der bis dahin ruhig geblieben war, trat nun ebenfalls vor, seine Miene ernst, aber kontrolliert.

«Markus, ich weiß nicht, was dich zu diesen Anschuldigungen veranlasst, aber ich versichere dir, dass alles, was wir hier tun, ehrlich und offen ist.»

«Lügen!» Markus schnappte.

Er konnte sich nicht mehr beherrschen, seine ganze aufgestaute Wut und Enttäuschung brachen hervor. Ohne weitere Vorwarnung stürmte er auf Vincent zu, angetrieben von einer blinden Rage.

Die Situation eskalierte schnell, als Markus versuchte, Vincent körperlich anzugreifen. Die Umstehenden reagierten schockiert, einige versuchten einzuschreiten.

Karl sprang dazwischen, um Vincent zu schützen, was dazu führte, dass er selbst von Markus heftig gestoßen wurde. Karl stürzte unglücklich gegen die Kante eines Stuhls und fiel dann schwer zu Boden.

Ein Aufschrei ging durch die Menge, als Karl regungslos liegen blieb, während Vincent und zwei weitere Anwesende sich bemühten, Markus unter Kontrolle zu bringen. Die Polizei wurde gerufen, und innerhalb kurzer Zeit trafen Beamte ein, um Markus festzunehmen und sich um Karl zu kümmern.

Das Gemeindezentrum, das noch vor Minuten ein Ort der Hoffnung und des Austauschs gewesen war, verwandelte sich in einen Schauplatz des Chaos und der Sorge.

Während die Sanitäter sich um Karl kümmerten, der schwer verletzt war, stand Vincent da, erschüttert von der plötzlichen Gewalt und den weit-

reichenden Folgen von Markus' Handlungen.

Kapitel 14

Die kühle Nachtluft füllte den Krankenhausflur, als Vincent an Karls Bett saß, umgeben von dem leisen Piepen der medizinischen Geräte. Karl lag dort, sein Zustand stabil, aber ernst, nachdem die Ärzte ihm versichert hatten, dass er sich erholen würde, es jedoch Zeit brauchen würde. Die Gewalt des Angriffs hatte nicht nur körperliche, sondern auch emotionale Wunden hinterlassen, sowohl bei Karl als auch bei Vincent.

Vincent fühlte sich erschöpft, seine Gedanken wirbelten chaotisch. Die Ereignisse des Abends hallten immer noch in seinem Kopf wider, jedes Wort, jeder Schrei, der Moment, in dem Karl zu Boden ging. Die Schuld wog schwer auf ihm; er fragte sich, ob es etwas gab, was er hätte tun können, um diesen Ausbruch zu verhindern. Er wusste, dass Markus' Handlungen seine alleinige Verantwortung waren, aber der Gedanke, dass sein eigenes Engagement zur Eskalation beigetragen haben könnte, ließ ihn nicht los.

Während er dort saß, tauchten Mitglieder der Gemeinde im Krankenhaus auf. Einige brachten Blumen, andere Karten, alle zeigten ihre Unterstützung und Sorge um Karl. Ihre Anwesenheit war ein stilles Zeugnis der Gemeinschaft, die sich trotz der jüngsten Ereignisse um sie herum gebildet hatte. Sie kamen, um ihre Solidarität mit Karl und Vincent zu zeigen, um zu bestätigen, dass sie die Gewalt, die ausgebrochen war, nicht akzeptieren würden.

Unter den Besuchern war auch Elsa, die tief betroffen war von dem, was geschehen war. Sie setzte sich zu Vincent, ihre Hand sanft auf seiner Schulter.

«Wie geht es dir?», fragte sie leise, ihre Stimme voller Mitgefühl.

Vincent schüttelte den Kopf, nicht sicher, was er sagen sollte.

«Ich weiß es nicht, Elsa. Ich fühle mich verloren. Alles, was wir aufgebaut haben, dieses Forum, unsere Pläne... es fühlt sich an, als ob alles auseinanderfällt.»

Elsa nickte verständnisvoll.

«Es ist hart, das alles zu sehen. Aber du musst wissen, dass das, was heute passiert ist, nicht das Ende bedeutet. Es ist ein schrecklicher Vorfall, ja, aber es zeigt auch, wie wichtig unsere Arbeit ist. Wir können jetzt nicht aufgeben, Vincent. Wir müssen weitermachen, für Karl, für die Gemeinde und für uns.»

Vincent blickte auf, getroffen von ihren Worten. Langsam begann er, die Tragweite dessen zu verstehen, was sie sagten.

Ja, es gab Rückschläge, und der Weg war gefährlich geworden, aber die Notwendigkeit ihrer Mission war umso deutlicher geworden. Er nickte langsam, ermutigt durch Elsas Worte und die Unterstützung der Gemeinde.

In den Tagen nach dem Vorfall und während Karls langsamem Genesungsprozess kamen Vincent und Elsa zusammen, um eine größere Veranstaltung zu planen, die sowohl die Solidarität der Gemeinde demonstrieren als auch die Fortführung und Expansion ihrer Selbsthilfegruppe symbolisieren sollte. Sie wollten ein klares Zeichen setzen, dass Gewalt und Hass keinen Platz in ihrer Mission hatten und dass die Gemeinschaft stärker als je zuvor zusammenstehen würde.

Vincent fühlte sich durch die Unterstützung der Gemeinde ermutigt. Die überwältigende Resonanz auf das tragische Ereignis hatte eine neue Welle des Engagements ausgelöst, die er in positive Bahnen lenken wollte.

«Wir brauchen ein Event, das nicht nur Karl ehrt, sondern auch das Bewusstsein und die Einheit innerhalb der Gemeinde fördert», sagte Vincent entschlossen, während er und Elsa im kleinen Büro der Gemeindezentrale die Details durchgingen.

«Ich denke, wir sollten eine Mischung aus informativen Vorträgen, Workshops und kulturellen Darbietungen anbieten», schlug Elsa vor, während sie durch ihre Notizen blätterte. «Das könnte eine gute Möglichkeit sein, verschiedene Aspekte unserer Gemeinschaft zu beleuchten und zugleich eine Plattform für Diskussion und Heilung zu bieten.»

Vincent nickte zustimmend.

«Ja, und wir sollten auch sicherstellen, dass wir genügend Raum für persönliche Geschichten lassen. Es ist wichtig, dass die Stimmen derjenigen gehört werden, die direkt betroffen sind. Ihre Erlebnisse und ihr Mut können andere inspirieren und helfen, das Bewusstsein zu schärfen.»

Elsa lächelte.

«Genau. Und ich denke, wir sollten das Event im Freien abhalten, auf dem großen Platz vor dem Gemeindezentrum. Es wäre symbolisch, den Platz mit Hoffnung und Licht zu füllen, gerade an einem Ort, der kürzlich Schauplatz von Dunkelheit war.»

In den folgenden Wochen arbeiteten Vincent und Elsa unermüdlich, um die Veranstaltung zu organisieren. Sie kontaktierten Sprecher, darunter Psychologen, ehemalige Soldaten und Sozialarbeiter, und luden lokale Künstler ein, die durch Musik und Kunst zur Atmosphäre der Veranstaltung beitragen könnten.

Während Vincent tagsüber an den Vorbereitungen arbeitete, verbrachte er die Abende oft bei Karl im Krankenhaus, berichtete ihm von den Plänen und dem positiven Feedback, das sie erhielten. Karl, obwohl noch schwach, zeigte sich berührt und ermutigt durch die Entschlossenheit der Gemeinde.

«Das zeigt nur, wie stark wir wirklich sind, wenn wir zusammenhalten», murmelte er eines Abends.

Der Tag der Solidaritätsveranstaltung brach an, ein klarer und sonniger Morgen, der die Plätze und Straßen von Friedbachtal in ein warmes Licht tauchte. Der große Platz vor dem Gemeindezentrum war bereits früh am Morgen lebendig mit den Klängen des Aufbaus und den Stimmen der vielen Freiwilligen, die dabei halfen, die Bühne und die Stände für das bevorstehende Event zu errichten.

Vincent stand am Rande des Platzes, beobachtete die Vorbereitungen und fühlte eine tiefe Zufriedenheit in sich aufsteigen. Um ihn herum summte die Gemeinde vor Aufregung und Anteilnahme. Überall hingen Banner, die Slogans wie «Gemeinsam stark» und «Frieden beginnt hier» trugen.

Die lokale Presse war ebenfalls vor Ort, bereit, über das Event zu berichten, das in der Gemeinde bereits viel Aufmerksamkeit erregt hatte.

Elsa trat zu Vincent, ihr Gesicht strahlte vor Stolz und Vorfreude.

«Schau dir das alles an, Vincent. Es ist unglaublich, was wir erreicht haben. Ich denke, das wird wirklich etwas bewegen.»

Vincent nickte, sein Blick schweifte über die Menge, die langsam größer wurde.

«Ja, das wird es. Ich bin so dankbar für all die Unterstützung. Es zeigt, dass trotz allem, was passiert ist, Hoffnung und Zusammenhalt siegen können.»

Als die Uhr den Beginn der Veranstaltung verkündete, trat eine lokale Tanzgruppe auf die Bühne, gefolgt von Musikern, die Lieder spielten, die Themen von Frieden und Gemeinschaft behandelten. Die Atmosphäre war elektrisierend, jede Darbietung trug dazu bei, die Stimmung der Anwesenden zu heben und eine Botschaft der Einheit zu verstärken.

Nach den kulturellen Darbietungen war es Zeit für die Reden. Vincent war einer der Hauptredner. Als er die Bühne betrat, wurde er von einem warmen Applaus empfangen. Er blickte in die Menge, sah die erwartungsvollen Gesichter und spürte eine Welle der Entschlossenheit durch sich hindurchfluten.

«Heute stehen wir hier zusammen, um ein Zeichen zu setzen», begann Vincent, seine Stimme fest und klar. «Ein Zeichen gegen Gewalt und für die Kraft der Gemeinschaft. Was wir hier in Friedbachtal haben, ist etwas Besonderes. Es ist eine Bindung, die nicht durch Hass oder Misstrauen gebrochen werden kann.»

Vincent sprach über seine Vision, über die Bedeutung von Dialog und Verständnis.

Er teilte persönliche Geschichten aus der Selbsthilfegruppe, Geschichten von Leid, aber auch von Heilung und Hoff-

nung. Er sprach von Karl, der im Krankenhaus kämpfte, und wie sein Mut
alle inspirierte, die Hürden zu über-
winden.

Als die Veranstaltung zu einem Ende
kam, versammelten sich die Teilnehmer
zu einem symbolischen Akt: Sie ver-
banden ihre Hände, formten eine lange
Menschenkette, die den Platz umspann-
te, ein lebendiges Symbol der Solidarität und des gemeinsamen Willens, eine
friedlichere, inklusivere Gemeinschaft
zu schaffen.

Die Solidaritätsveranstaltung wurde
nicht nur ein lokaler Erfolg, sondern
auch ein persönlicher Triumph für Vincent, ein Beweis dafür, dass aus den
tiefsten Tiefen der Verzweiflung eine
starke und vereinte Gemeinschaft
hervorgehen kann.

Es war ein Tag, der lange in Erinnerung
bleiben würde, ein Tag, der Friedbachtal veränderte und zeigte, dass selbst

im Angesicht der Dunkelheit das Licht
der Hoffnung niemals erlischt.

Epilog

Einige Monate waren vergangen seit dem Tag der Solidaritätsveranstaltung, und Friedbachtal hatte sich nicht nur erholt, sondern war stärker und verbundener geworden. Die Selbsthilfegruppe hatte sich zu einem festen Bestandteil der Gemeinde entwickelt, mit regelmäßigen Treffen und einer stetig wachsenden Teilnehmerzahl. Vincent und Karl, nun nicht mehr nur Freunde, sondern feste Partner, waren das Herzstück dieser neuen Bewegung. Karl hatte sich vollständig von seinen Verletzungen erholt, und die Erfahrungen hatten ihre Beziehung vertieft.

Die beiden Männer teilten nun nicht nur ihre Hoffnungen und Träume, sondern auch ihr tägliches Leben, unterstützt von einer Gemeinde, die sie für ihre Stärke und ihren Mut bewunderte.

An einem warmen Frühlingsabend saßen Karl und Vincent auf der kleinen Veranda ihres gemeinsam gekauften Hauses, blickten auf die blühenden Gärten und genossen die Stille, die nur durch das sanfte Zirpen der Grillen unterbrochen wurde. Ihre Hände waren ineinander verschränkt, ein stiller Ausdruck der Liebe und des gegenseitigen Vertrauens.

«Weißt du, was ich am meisten schätze?», begann Karl, während er in die Sterne blickte. «Dass all das, durch das wir gegangen sind, uns hierher geführt hat. Zu diesem friedlichen Ort, nicht nur hier draußen, sondern auch in unseren Herzen.»

Vincent nickte, sein Kopf an Karls Schulter gelehnt.

«Ja, es war ein langer Weg. Aber ich glaube, alles hatte seinen Grund. Die Herausforderungen, die Kämpfe... sie haben uns gezeigt, was wirklich wichtig ist. Und sie haben uns stärker gemacht.»

«Ich denke, das größte Geschenk, das wir erhalten haben, ist die Fähigkeit, wirklich zu verstehen und verstanden zu werden», sagte Vincent nachdenklich. «Das und die Gewissheit, dass, egal was passiert, wir uns immer aufeinander verlassen können.»

Karl drückte Vincents Hand fester.

«Und dass Liebe, in all ihren Formen, wirklich heilen kann. Sie hat uns geheilt.»

Die beiden versanken in einem tiefen, leidenschaftlichen Kuss.